世界著名少儿历险故事丛书

绝 路 逢 生

高 帆 主编

吉林人民出版社

图书在版编目(CIP)数据

绝路逢生/高帆主编.－－长春:吉林人民出版社,
2012.4

(世界著名少儿历险故事丛书)

ISBN 978-7-206-08841-4

Ⅰ.①绝… Ⅱ.①高… Ⅲ.①儿童故事－作品集－世
界 Ⅳ.①I18

中国版本图书馆CIP数据核字(2012)第 077254 号

绝路逢生
JUELUFENGSHENG

主　　编:高　帆

责任编辑:张文君　　　　　　封面设计:七　洱

吉林人民出版社出版 发行(长春市人民大街7548号　邮政编码:130022)

印　　刷:鸿鹄(唐山)印务有限公司

开　　本:710mm×960mm　　　　　1/16

印　　张:13　　　　　　　字　　数:150千字

标准书号:ISBN 978-7-206-08841-4

版　　次:2012年5月第1版　　　印　　次:2023年6月第3次印刷

定　　价:45.00元

如发现印装质量问题,影响阅读,请与出版社联系调换。

前　言

　　历险故事向来是最受少年儿童喜爱的，尤其是十岁到十三四岁学龄中期的孩子们，对于历险故事简直爱不释手。

　　这是因为，这类故事非常适合这个年龄阶段孩子们的接受心理和审美需求。这些故事的主人公，有的在漫游中不断遇到种种险情、险事，有的在追寻、探求某种神秘人物的过程中历尽艰难险阻，情节曲折惊险，险中有奇，奇中多趣，对小读者具有超乎寻常的吸引力。

　　历险故事主人公的经历，多具有传奇性。奇境奇闻，在孩子们面前展开一个生疏新奇的领域，能够极大地满足这个年龄段的少年儿童普遍具有的好奇心理和求知欲望。茅盾先生早在1935年就曾说："我们应该记好：儿童们是爱'奇异'，爱'热闹'，爱'多变化'，爱'泼剌'，爱'紧张'的；我们按照他们的'脾胃'调制出菜来供给他们，这才能够丰富他们的多方面的知识，这才能够培养他们的文艺的趣味……"

　　历险故事的情节，都是惊险曲折、波澜起伏的。这类作品悬念迭生，扣人心弦，既"热闹"，又"紧张"。小读者读起来津津有味，常常心驰神往，欲罢不能。若论情节本身的吸引力，历险故事是其他任何类型的作品都无法与之相比的。

　　高尔基说过："追求光明的和不平凡的事物是儿童固有的本性。"十多岁的少年儿童，只要心理正常，大多数具有一种积极向上的、向往创造不平凡业绩的荣誉感。这些历险故事里，都洋溢着一种战胜困难、勇敢进取的英雄主义精神。历险主人公，无论是在自觉探险、追寻某种事物的过程中，还是不自觉地在他平常的旅途上，遇到种种艰难、重重险阻时，都表现出一种无畏的勇气，一种"冒险进取之志气"。这种精神，对儿童那"追求光明的和不平凡的事物"的天性，既是一种自然的呼应，又是一种陶冶和激发，显然十分有利于少年儿童的健康成长。苏联教育家苏霍姆林斯基说:"克服困难可以使人得到提高。经受过无法忍受的困难,并且克服了这些困难的人,能够以完全不同的方式来观察世界,理解人们。"

这些故事的主人公,在经历了种种艰险之后,总能得到一个好的结果,这也是历险故事的一个共同特点。与历经艰险和磨难紧密相连的是云开雾散,真相大白,脱离险境,喜获成功,主人公的追求总会有一个圆满的结局。读这类故事,小读者自然会从中获得一种成就感,在屏息凝神的紧张之后,从这种传奇故事中获得一种充实的心理满足。

可以肯定地说,历险故事正是广大作家按照儿童的脾胃调制出来的精美的精神食粮。

在世界儿童文学的百花园中,历险故事之多数不胜数,浩如烟海,我们只能选择其中最有名、最具艺术魅力的一部分介绍给大家。这些历险故事原作多为中、长篇,为了让小读者尽量多地领略这一艺术园地的迷人风采,我们采取了对中、长篇进行缩写的方式。缩写的原则是不改原作的思想宗旨、人物性格、故事框架,使读者读此缩写版亦能大体把握原作风貌,同时读起来又不感到空洞、枯燥,即要有较强的可读性。

把一部十几万乃至几十万字的作品,缩写成一万字,要达到上述目标是有一定难度的。缩写,也要求执笔者能进入一种类似创作的状态,对原作既要有理性的把握,也应有一种心领神会的感受,文字既要简练、准确、流畅,又能尽量体现原作的风格,这需要执笔者具备一定的素质和功力。由于原作结构、风格等情况的不同,加之我们的水平毕竟有限,所以,尽管大家都做了努力,但收到的效果仍然有差别,缩写稿显然仍未能尽如人意,我们诚恳地希望得到读者和专家们的批评、指教!

为中国的孩子编选外国作家的作品,译者的劳动为我们的缩写提供了方便条件,我们充分尊重翻译家们的劳动,并对他们致以深深的谢意。但还要说明的是,有些篇目参照了不同的译本,有些对原译文字进行了较大改动,为了本书规格统一,缩写稿的原译者就一律未予注明,在这里也一并表示歉意!

缩写稿中,有两篇直接选自张美妮主编的《外国著名历险奇遇童话故事精选》(中国少年儿童出版社),在这里我们向原编者、出版者诚致谢忱!

高 帆

目录
contents

目录
contents

鲁滨孙漂流记

〔英国〕笛福　原著

　　我于1632年出生在英国约克城一个体面人家里，从小便充满了遨游四海的念头。父亲原想让我学法律，可是我却一心一意想到海外去。

　　我父亲是个明哲而庄重的人。他叫我注意上层社会和下层社会的苦恼与不幸。他说，像我们这种中产阶层的生活是最幸福的了，完全可以称心如意、悠然自适地过一辈子，而不必为生活奔波。

　　我经常同父母争辩，对于他们的忠告一概不放在心上。1651年的某一天，我到赫尔城去，在那里偶然遇到了一位朋友，他约我跟他到海上去冒险，这就决定了我今后的生活道路。

　　1651年9月1日，我终于背着父母搭上了去伦敦的船。此后，我在海上飘泊的几年中，遇见过无数艰难险阻。第一次出航就在雅木斯附近海面覆舟。第二次又被海盗掠去，当了两年奴隶，好容易才死里逃生。最后，由一个葡萄牙商船救起，把我载到巴西海岸。

　　在巴西海岸，我与一位糖厂老板交上了朋友。在他的帮助下，我开辟了一片种植园。我本来可以靠我的种植园发家致富，可是我偏要把这种幸福的远景丢在脑后。有一天，我跟几个我所认识的商人和种植园主一起，商量到非洲干一趟买黑奴的勾当。

1659年9月1日，我们一行14人乘上货船启航了。用了大约12天，才过了赤道。可是这时候，遇到了非常剧烈的飓风，在惊涛骇浪中，除了风暴的恐怖之外，大家已经感到绝无生还的希望了。

就在这万分紧急时刻，忽然有人喊道："陆地！"我们急忙跑出舱去，可是船忽然搁浅在一片沙滩上，再也动弹不得了。我们只好爬上一只小艇，试图死里逃生。可是小艇还没划出多远，一个洪涛巨浪就把小艇兜底托起，所有的人都被波涛吞噬了。

海浪不停地将我抛上抛下。最后，一个巨浪把我摔在一块石头上，我在完全失去知觉前，死死地抱住这块岩石。等到水退之后，终于跑到陆地上，攀上了岸上的岩石。这时，我向大海眺望，那只搁浅的大船正在烟波弥漫之中，而我的同伴经过这场风暴，无一生还。

我爬上一棵茂密的大树，睡了一夜。醒来时，天已大亮。最使我惊异的，是那只搁浅的大船被潮水冲到了我昨夜差点撞伤的岩石附近了。这时我已饥肠辘辘，便从树上爬下来，泅水到大船上。在大舱里找到了甘蔗酒和饼干。

一个人只是呆呆地坐着，空想自己所得不到的东西，是没有用的。这个绝对的真理，使我重新振作起来。我用木头扎成一只木排，在船上首先装满一箱食品，然后又装满木匠的工具，再弄满了一箱弹药和几只鸟枪、手枪。我把这些东西搬到木排上，然后趁着风平浪静时划到了岸边。

我的下一步工作是查看地形。这时我才发现，原来我是在一个岛上。当我把第二批货物运上岸后，我就用几块木板和一只空箱子搭成一张软床，头边放上两支手枪，第一次在床上睡觉。船上那只未淹死的狗，成为我唯一的伙伴。

现在，我已经在岸上住了13天，到船上去过11次。我把船上所有用得着的东西统统搬了下来，这些东西对我今后的生活真是受益无穷！当我搬完第12次到岸上后，一觉醒来，大船已经无影无踪了。

这时我才想起，我原来搭帐篷的地方是不能久住的。于是我找到一片山坳前的草地，在那里安了家。为了安全，我首先到树林里砍下了许多木桩，然后围着我住的地方打了一个半圆形栅栏。我并不做门，而是用一架短梯来解决进出问题。这样，不管是人是兽，都无法直接冲进来。我又费了很大的力气，把从船上搬下来的全部财产，移到我新筑的堡垒里面来。

搬完东西，我又抽出些时间去打猎。岛上有许多山羊，可开始时我总打不着它们。不久我就发现，这些山羊的眼睛生得很特殊，只便于朝下看而不便于朝上看，如果从上朝下打要容易得多。用这样的办法，我一次就打了好几只。

吃住安排就绪之后，我才开始想到，这种漫长而孤独的日子不知何时才能了结。因此，我就在一个大十字架上每天刻一小道，每周刻一长道。这样，十字架就成了我的日历。

新居里连椅子、桌子这些最基本的家具也没有，我决定自己动手做。所有的工具只是一把手斧和一把斧头，仅仅为了做这些小东西，也付出了我无穷的劳动。

我非常缺乏蜡烛，只好一到天黑就睡觉。后来我想到一个办法，杀了山羊之后，把羊油留下来，放上一些麻絮做灯芯，这样，我才总算有了一点光明。

有一次，我无意中将一只喂家禽的破口袋在地上抖了抖，想不到几个月后，竟长出了一些麦子和稻子。我小心翼翼地把它们保存起来，这可是我日后粮食的主要来源。又有一次，我在海边看到一只大鳖，我把它破开时，竟然发现它的肚子里有60个蛋。这些东西成了我上岛以来最香最美的食物。

由于整天风里来，雨里去，我终于病倒了。患的是疟疾，头又痛又昏，身上发冷。我只好用最原始的办法，把烟叶放在口里嚼，并把它浸在甘蔗酒里，临睡时喝它一杯。想不到用这样简单的办法居然使我起死回生。

我来到岛上已经10个月了，我一直很想对这个岛进行一番考察。于是我沿着一条小河而上，发现了一处天然的瓜果园。这里地上结满了许多瓜类，树上挂满了一串串的葡萄，还有黄灿灿的柠檬。我顺着斜坡望去，到处是一片清新翠绿的美景，这时我心里充满了喜悦，顿时感到自己成了这片土地无可争辩的主人。

我摘了一大堆葡萄和一些柠檬，把它们放在口袋里背回家。可是当我倒出来看时，那些葡萄已经完全烂了。后来我想出一个办法：我把采摘下来的葡萄就地挂在树枝上，让太阳晒干，等到取下来时，它们已经是葡萄干了。我在果园的斜坡上围了一所茅屋，作为我的别墅。

在这一季里，我的家庭成员增多了。我在岛上收养的一只猫，在8月以前不见了，到了8月底，它忽然跑了回来，还带了三个小猫来。这种失而复得的喜悦，在荒岛上是难以形容的。

我辛辛苦苦地开辟了一块土地，结果这块地过于干旱，种子竟不能发芽。我只好又挖掘一块比较潮湿的地方，把种子播了下去。几个月以后，竟然收获了半斗粮食。

在庄稼生长的这几个月，我意外地发现葡萄园那边的茅屋前的篱笆，木桩上长了芽，长出许多枝条来。我把它们修剪一番，居然变成了一堵非常美观的绿色围墙。于是我再到树林里找到了这种易于成活的树，把它们栽种到我的第一个住所的围墙边。这些树日后就成了我的遮荫屏风和最佳的防御工事。

我在第二次对本岛进行勘察时，走到了岛的另一边。我惊奇地发现这一边林茂草丰，飞禽走兽比比皆是，比我住的那一边强多了。

最使我兴奋的是，我用木棍打落了一只小鹦鹉，等它苏醒之后，我把它带回家里。后来它成了我孤寂岁月的最好伴侣。在路上，我的狗袭击了一只小山羊，把它捉住了，我立刻跑过去，把它从狗嘴里救出来，这只小山羊被我带回家中驯养起来。

在下雨不能出门时，我也找出些事做，一边做事一边教我的鹦鹉说话。很快，它居然会响亮地叫出我给它取的名字"波儿"。

到了第二年的11月中旬，正是大麦和稻子收获的季节，我突然发现这些黄灿灿的庄稼正在遭到几种可怕敌人的进攻，地上是山羊和野兔，天上是各种各样的鸟类。

开始，我把狗拴在木桩上，让它日夜狂吠来赶走那些野兽，可是后来我发现这样做无济于事。它们因为从未受害于人类，所以胆子特别大，我用枪都不能把它们赶跑。

我一气之下，打死了它们六只，把它们用绳子吊起来，挂在田中央，以此来杀一儆百。想不到这个办法真有效，那些野鸟再也不敢来侵犯我的庄稼了。

这一年，我收获了两斗麦子，两斗稻子。可是有了这些东西，又使我发起愁来。在一个荒岛上，怎样来把这些麦粒和稻子加工成面包呢？

　　首先我得做一些钵子和罐子来储存这些东西，免得它们沤坏。我费了很大的劲才找到一些陶土，把它们挖出来，调合好，运回家里。结果费了两个月的劳力，才做成两只非常难看的大瓦缸。大缸虽然做得不成功，可是那些小器皿却做得非常好。

　　有一次我生火煮东西，煮完之后发现火里有一块泥制器皿的破片，拿出来一看，它已经被烧得像石头一样坚硬，这样就启示我用火来焙我的陶器。

　　于是，我就有了很好的陶器可以用了。我来不及等它们冷透，便把一只砂锅放在火上，煮了一锅羊肉汤。其味鲜美无比，这是我上岛以来第一次用锅煮食，真使我高兴得不得了。

　　我关心的第二件事，就是弄一个石臼来舂我的稻谷。因为没有凿子，所以无论如何凿不出一个石臼来。我只好去砍铁树，像印第安人做独木舟那样，靠火和斧子在树干上挖出一条槽，然后再做一个两头有把的滚子，来加工我的面粉。

　　第三步困难是我还缺一个筛面粉的筛子。想来想去，我终于想到从船上搬下来的衣服中有几条可以做筛子的围巾，我拿它们做了三面小筛子，凑合着用了好几年。

　　烤面包的问题就比较好解决了。我可以用一个罐子，把生面包粘在上面，然后用炭火围满罐子。这样，我便烤出了又香又软的面包。

　　日子一天天过去了。由于我的生活日趋安定，我便产生了要去考察临近两个小岛的念头。除了种庄稼，晒葡萄干外，我用所有剩余的时间重造了一条独木舟。

　　建造这条独木舟虽然花去了我两年的时间，可是在我来到孤岛的第六年的11月6日，我终于能够驾着自制的小舟在岛边扬帆了。

谁知道这件事从一开始就不怎么顺利。船朝岛的东面航行了一段，就碰上了一大堆岩石，为了绕过这堆岩石，我不得不把船划到离岛更远的海面。

我绕过这群岩石礁，让船在岸边泊了两天之后，又继续往南航行。这时，我遇到了一股回流，把我的船弄得团团转，尽管我拼命地打着双桨，花了两个小时，船还是在原地打转转。

情况危急万分。幸好到了正午，刮起了微风，我急忙扯起帆，借助风力向北驶去。风越来越大，终于帮助我脱了险。我跪在船上，感谢苍天搭救了我。

我从这个岸边找到了我的葡萄园别墅。因为实在太疲倦了，进屋后我便呼呼睡去。不料忽然有一个声音叫我的名字："鲁滨孙，可怜的鲁滨孙，你到什么地方去啦？"我从万分惊疑中醒来，定睛一看，原来是"波儿"在叫我，这使我格外高兴。

"波儿"那些带点忧伤调子的话都是我平时教它的。现在我遇难脱险，它又飞到我手上，亲切地重复着那些它并不太懂的话语，使人倍感亲切和温暖。

由于火药越用越少，我不得不开始用陷阱捕捉山羊。我在山羊经常吃草的地方，挖了几个大陷坑，终于捉住了几只小山羊。然后我圈起围墙，把这些羊驯养起来。三年之后，我已经有40多只羊了。我现在不仅有羊肉吃，还有羊奶喝。后来又学会了做奶油和干酪。

虽然经历了上次的冒险，我还是常常驾着小舟来往于我的两个住所之间。可是我再也不敢离开岸边几丈远，以免发生意外。到了目的地，我就把小舟系在海边，然后由岸边徒步到葡萄园别墅去。

有一天正午时分，我正要去看我的船，忽然在海边发现了一个人的脚印，清清楚楚地印在沙滩上。我简直吓坏了，呆呆地站在那里，就像挨了一个晴天霹雳。

回到家后，我一连几个星期不敢出门。除了偷偷地钻出去喂一喂我的羊，挤一点奶之外，我一直都在想，那个脚印是我自己留下的呢，还是果真有什么人来到了这个岛上？

当我惊魂稍定之后，我又产生了一种侥幸心理，认为那个脚印是我自己的。于是我又到海边去看那脚印。谁知当我把脚伸进去比试的时候，发现自己的脚印比那脚印要小得多。

现在我不再有什么幻想了，就赶紧跑回家，加固我的围墙。我在外墙上加了不少木料，再在墙里填了很多土，围墙上留了七个枪眼，安置好我的七只短枪。

在这种惊恐不安的心情下又生活了两年。有一天我来到岛的西南角，又一次经历了以前的那种恐怖。我看见海岸边满地都是人骨头。

有一天清晨，天还没有亮，我刚出门，忽然看见远处海岸有一片火光。我立刻发现那边有几个野人围着火坐着。这么热的天气，他们显然不是在取暖。他们跳了一场舞，然后趁着退潮坐上独木船离开了岛屿。

我走到海边，又亲眼看到他们所干的痕迹：到处是吃剩的一块块人肉和骨头。看到这情景，我怒不可遏，早忘掉了心中的恐惧。我暗暗发誓：下次再看到这种暴行，一定不放过他们！

有一天一大早，我忽然看见五只独木船停在岸边，船上的人已上了岸。我用望远镜找到了他们。只见他们从船上拖下一个人来，将要开膛破肚，准备烹调。那人趁松绑之际，飞快地向我这边逃来。野人们立刻紧追不舍。

这时我产生一个强烈的念头：我要找一个仆人！于是等追在最前面的那个野人跑近，我一枪把他打倒了。和他同来的那个野人拉弓向我射箭，我赶忙抬枪结果了他。我向那个逃跑的人打招呼，他每走十步，便下一个跪，对我的救命之恩感激不尽。最后，他才走到我跟前，把头贴在地上，把我的一只脚放在他头上，仿佛在宣誓给我终身为奴。

我把他带回住所，给他吃了东西。我给他取名叫"星期五"，而他对我应叫"主人"。他十分恭顺地听从了我的一切吩咐。

为了使他开化，我给他穿上衣服，叫他拿着刀，背上弓箭，又叫他替我背着枪。我决定带他出去打一次猎，然后教他烹调的方法。渐渐地，他改变了他的生活习性，尤其他很喜欢我教他的英国式的烤肉方法。他打着手势告诉我，他非常喜欢吃这种肉。

"星期五"是个聪明伶俐、老实能干的人。不到一年，他就学会了英语和干很复杂的活，我和他相处得愈久，就愈觉得他淳朴可爱。因此，这是我在岛上最愉快的一年。

从"星期五"的口中我了解到，他在故乡时曾经和当地的野人一道俘虏过17个白人。他们并没有杀害过这些白人，而是与他们和睦相处。野人只是在打了胜仗后才吃战利品，这是他们多年养成的一种恶习。

"星期五"的话使我产生了要渡海到他的家乡——加勒比群岛去，与那17个白人会合，共谋重返欧洲大计的念头。于是我决定再造一只大独木船。"星期五"很快就找到了一种造船的树。我们把它砍倒后，我教他学会了怎样使用凿子和斧子，只用了一个月，我们就造好了一条漂亮的船。

剩下的工作是准备渡海用的粮食。有一天早晨，我正忙着这一类事情，"星期五"飞也似的跑回来，一纵身跳进了围墙，大声嚷道："主人，坏了，那边有一个、两个、三个独木船。"我叫他不必惊慌，并且问他："要是我决心保卫你，你能不能保卫我？"他说："你叫我死都行，主人。"于是我们背上长枪和短枪，准备战斗。

我跑到山坡上，用望远镜一看，共有20来个野人，三个俘虏。从野人狂欢的姿态看，他们大概准备拿这三个人开一次宴会。我和"星期五"立刻迂回到一个小树林观察这群野人的动静。我看见他们大部分人坐在地上，两个野人正准备肢解那个白人俘虏。

在这万分危急的情况下，我不得不瞄准其中的一个开了枪。"星期五"也跟着开了枪，那两个野人应声倒地。其他的野人乱作一团，大声怪叫起来。我教"星期五"操纵武器，他照我的样子做了，枪法比我强，真是后来者居上！

"星期五"作战很英勇，他一边呐喊一边开枪，追击那些四处逃窜的野人。我趁机给那个白人俘虏松了绑。原来他是个西班牙人，就是几年前遇难的那17个白人之一。他一获得武器，就向仇人扑去。我正在装弹药时，忽然看见他正跟一个野人扭作一团。

那野人虽然被西班牙人砍了两刀，可是他是个肥硕无比的家伙，他凭着蛮力，正把对手摔倒在地，夺走了西班牙人手中的刀。我正要赶去援救，只见那西班牙人急中生智，从腰间拔出手枪，一枪打倒了那个猛扑过来的野人。

"星期五"趁这时没人管他，把武器丢在一边，手里拿着斧子，向那些正奔向海边独木舟的野人追去。为了根除后患，我同意"星期五"乘胜追击，去击毙那几个乘船逃窜的野人。谁知他在独木船上发现了一个俘虏，竟抱住他又哭又笑，乱跳乱舞起来。

　　原来这人竟是他父亲。他把自己所有的食物全部拿给他父亲吃，又一阵风似的找来清水给他父亲喝。看到"星期五"这一片孝心，我深为感动。我让他宰了一只羊，以庆祝我们的胜利。

　　为了防备野人卷土重来，我们必须严加防范，因此，我每天都严格操纵我的"军队"。我问"星期五"的父亲，那四个逃窜的野人回去后会怎样？他父亲说，他们一定会说遇到了天神，因为一个凡人绝不会射火，更不会放雷，并且连手都不抬一下，就会在老远把人杀死。

　　听"星期五"的父亲这么一说，我决定马上执行在心中酝酿很久的计划：派两个人过海去与那16个白人取得联系，以便最终实现我重返欧洲的愿望。"星期五"的父亲和那个西班牙人终于上路了。我们约定好他们回来时在船上悬挂的信号。

　　他们走后的第八天，我正在茅屋里睡觉，岛上又发生了一件前所未有的怪事。"星期五"突然跑来向我报告："主人，他们回来了。"我立刻带了望远镜跳到山上眺望。从望远镜里看到的景象不禁令我大吃一惊：离我们大约一海里半的海面上正停着一艘英国大船，一条小船正载着一些人向这边驶来。

　　这伙人上了岸，就对押来的三个俘虏虐待了一番。因为退潮使他们的小船搁浅在沙滩上，他们干脆丢下俘虏，到岛上闲游或到树林里睡午觉去了。"星期五"偷偷跑到那三个遇难者跟前，问明了情况，给他们松了绑。原来这三个人中有一个是船长，一个是忠于他的大副，一个是旅客。

　　我和"星期五"把他们搭救出来。他们感激不已，千恩万谢。他们表示服从我的指挥。我发给他们每人一支短枪，叫他们做好战斗准备。我们包围了五个水手睡觉的树林，有两个家伙闻声而起，船长一眼就认出这两个正是暴动的祸首，立刻把他们击毙了。其余三个人不得不俯首就擒。

安置好俘虏后，我们便研究如何收复大船。我们商量好的步骤是：首先搬光眼前这艘小船上的东西，并把它凿一个大洞，使后来的人不能使用它，刚做完这件事，就听见大船上放了一枪，并且摇动信号旗，叫小船回去。过了一会儿，大概因为不见小船的动静，大船上又放下一只小船，上面载着10个带武器的人。

那批人上岸后，向岛上大喊了两三次，毫无结果。他们对于岛上的同伴毫无反应感到很吃惊。于是留下两个人看守小船，其余的人都一齐到岛上去找那些同伴。他们来到岛中心的一个山坡上，就一个劲地大喊大叫起来，直喊到精疲力尽时，才七歪八倒地在一棵大树下躺着。可是，他们人人都如惊弓之鸟，谁也不敢睡着。

不久这伙人跳起来准备返回小船。如果他们乘小船离开，那么我们夺取大船的计划就要落空了。情况紧急，我立刻派"星期五"和大副到一个当地的隐蔽处大声呼救。果然，这伙人闻声立即朝呼救的方向奔去。我们趁看护小船的两个人不注意，冲到跟前，打倒了一个，另一个只好乖乖地投降了。

那一伙人被"星期五"和大副引得东奔西跑，什么也没找到。他们刚想返回小船，可是那个水手头目好像突然发现了什么，带着三个水手，朝"星期五"和大副埋伏的方向走过来。

船长一枪把水手头目撂倒，其余的吓得飞逃。因为天黑，他们看不清我们有多少人。于是我命令一个叫老罗的俘虏向他们喊话："喂，汤姆，史密斯，快投降吧，这里的总督已经带了50个人把你们包围了。"

小船那边的史密斯回答说："我们向谁投降，他们在什么地方？"这时候，船长告诉他们全体人员必须放下武器，听候总督大人处理。他们统统地把武器放下了。我们的人立刻过去把他们绑了起来。船长遵照我的意思，对他们进行虚声恫吓。他说，如果总督高兴，可以把他们统统吊死。但是现在饶恕了他们，要把他们送回英国去，让法律来惩罚他们。

这些话产生了预期的效果，他们赶忙纷纷向船长哀求不要送他们回英国。这时，我感到时机已到，就派一个人去传话说："船长，总督叫你去。"船长故意回答："回告大人，我就来。"这样一来，更使那些俘虏感到害怕。船长表示只要夺回大船就可以免于一死。这些人立即千恩万谢，发誓说效忠船长。

午夜，船长和大副等五人乘坐一条小船，那位忠实的乘客带着四个人乘坐另一条小船向大船开去。小船开到大船边上。船长命令老罗一边喊话，一边靠拢大船。船长和大副抢先登上船，一上去就把船上的二副和木匠打倒了。

第二只小船上的人上来后，也立即把厨房里的三个人俘虏了。待甲板上的一切肃清之后，大副带着三个人去进攻船长室。叛变的新船长这时已听到警报，已经做了准备。他带着三个水手持枪在手，等大副他们一冲进去，就开枪把大副打倒，另外两个人也受了伤。

可是大副非常英勇，他倒下去还挣扎着朝匪首开了一枪，匪首中弹身亡，其他的人只好乖乖投降。大船夺回之后，船长马上下令连放七枪，把胜利的消息通知我们。

船长回来之后，抱着我说："我的救命恩人，这条大船已属于我们的了。"我听了激动万分。现在剩下的事情就是处理那些罪大恶极的俘虏。为了使他们改过自新，不致回到英国后被绞死，我给他们留下了足够的枪支弹药、粮食，并把我这28年在荒岛生活的经验告诉他们。

　　我离开海岛时，带走了在岛上的那顶羊皮帽子、羊皮伞和鹦鹉"波儿"作为纪念。当然我也没有忘记带走28年前从我遇难的那艘船上带下来的钱。

　　1686年12月29日，我带着"星期五"，终于离开了我生活过28年多的孤岛。这海岛伴随我度过了青年和壮年，留下了我艰苦劳动的斑斑印记，它将使我永远难忘！

（邱纯义　缩写）

哈克贝里·费恩历险记

〔美国〕马克·吐温　原著

　　我原本是一个栖息街头的流浪儿，自从我和汤姆·索亚把强盗藏在山洞里的钱找着了，我们发了财。道格拉斯寡妇便收养了我，说是要教我怎样做人。

　　我从小就养成了逍遥自在的流浪习惯，可是那个寡妇让我整天待在家里，实在叫人受不了。所以到了我再也不能忍受时，我就溜之大吉了。

　　汤姆从盛糖用的大木桶里找到我，他说他打算组织一伙强盗。他说如果我先回到寡妇那里，做一个体面人的话，那么我也可以加入，于是我又回去了。

　　这天晚上，镇上的大钟敲了12下，漆黑的树林里，传来了猫叫声，那是汤姆约定的暗号。我赶紧爬出窗口，溜到地下，和汤姆顺着小路，来到山脊上。偶尔抬头看见满天星斗，亮晶晶的非常好看。村子旁边那条大河，足足有一里宽，真是又清静又神气。

　　我们走下山去，看见几个孩子在等我们。汤姆叫大家起誓保守秘密，然后他把一个山洞指给大家看，我们就点起蜡烛爬进去。汤姆宣布强盗团体成立，接着把已写好的誓约，念了一遍，大家都说这是一篇漂亮的誓约。

仪式完毕后，我们便往回走。天已发亮了，我简直累得要命。早晨，寡妇因为我弄脏了衣裳，狠狠地教训了我一顿。她总是絮絮叨叨地挑我的毛病，真是又讨厌又无聊。

我们隔几天就当一回强盗，玩了几乎有一个月的光景，后来就不干了。我们也没有抢人，也没有杀人，只是装装样子罢了。

爸爸有一年多没露面了，这件事叫我觉得非常痛快。他从前没喝醉时，只要能抓住我，总是把我狠打一通，我不想再看见他。可是这天夜里，我回到楼上卧室，看见爸爸坐在那里——不是他是谁呢！

他浑身上下打量我，隔一会儿，他说："我来到镇上已经两天了。我别的没有听见，光听说你发财啦。我是专为这事跑来的，你明天把那些钱都交给我。"

其实我的钱让寡妇拿去放债了，我每天只有一块钱，我掏出来递给爸爸。他说他要打酒去，不久他又喝醉了，跑到寡妇那里，连唬带骂，硬叫她拿出钱来，并说他倒要瞧瞧寡妇能不能把我夺回去。

爸爸动不动还拿硬木棍打我，把我锁在屋子里。我实在忍受不下去了。我想，如果我想个法子，让爸爸和寡妇再也不想找我回来，那可就比全凭运气，在他们还没发觉我没影儿时，跑到远处让他们找不着要保险得多。一连几天，我都在苦苦思索。

这天，爸爸又把我锁在屋子里，想必他又到酒馆里喝得烂醉如泥。我想现在可以好好安排一下了。我便制造了一起强盗杀害我、抢劫物品然后逃走的假象，接着我把生活所需品搬运到一艘独木船上。趁着天黑，向杰克逊岛划过去。

　　我没费多大工夫就到了那里。我把船划到岸边深凹里去。上了岸，向着茫茫大河望去，那儿有飘忽的灯光在闪烁不定。我走到树林里躺下，在阴凉的草地上睡着了。

　　不知过了多久，我耳旁突然响起了"砰"的一声。声响分外沉重。我一下子跳起来，发现天已大亮，上游水面上一股白烟直冲云霄。一艘渡船漂过来，我明白是怎么回事了。他们正在向水里开炮，打算让我的尸首浮上来。

　　不久，船驶过来，只见人们挤成一团，靠着栏杆往外探身，几乎就在我的眼前。我能一目了然地看见他们，可他们丝毫注意不到我。一声巨响，轰天大炮震耳欲聋，同时我感到眼花缭乱。侥幸得很，我没有受伤。渡船也继续漂过去，一拐弯消失在远方。

　　我长舒一口气。从独木船拿出东西，在密林里搭了个很好的帐篷。我下钩捉了一条大鲇鱼，太阳快落山时，我生起露天火堆，弄了顿晚饭吃。月光如水，皎洁无比。此刻好像一切都沉入梦乡。

　　我毫无睡意，踱到一片密林处，忽然看见那里面有火光闪烁。我提心吊胆地走过去，发现地上躺着一个人，正睡哩！就着明亮的月光，我目不转睛地瞪着他，原来是村子里的黑奴吉木！

　　我推醒了他。他跳起来，发疯似的瞪着我，以为碰到了鬼魂。我没有费多大工夫，就让他明白了我并没死。我把整个事情讲给他听，他说我这一手耍得真漂亮。吉木是不堪主人的虐待而逃出来的。我们碰在一起，真是高兴不已。

　　我们向岛下游漂去，当然这必须是在晚上。在静静的大河里往下漂，仰卧在筏子上看星星，倒是一件惬意的事。更难忘的还是经过市镇时，街灯汇成一片奇妙的灯海，和繁星交相辉映，令人留连忘返。

这一天后半夜，我们在圣路易下游遭遇一阵猛烈的暴风雨。闪电亮如白昼，我们看见一条大河在面前拓展，还有高耸的岩壁站在河的两旁。同时望到附近有一艘摧毁在暗礁上的轮船。我们正朝着它漂过去。

电闪雷鸣中，一切显得非常神秘。这只破船孤零零地躺在河心，我想爬上船去，到处偷偷地走一走，看看上面都有些什么。电闪恰好又照亮了这只船。我们趁机抓住船右边的起重樯，把我们的筏子拴停当。

我们摸黑向顶舱走去。来到天窗上部前面，天哪！过厅里面有一道亮光。我的心颤栗起来，吉木已转身往回走。我的好奇心又促使我停留几秒钟，依稀听见有人在窃窃私语。我出了一身冷汗，赶紧退回来。可是懊丧得很，我们发现筏子已无影无踪，想必它开了扣，让急流冲跑了吧！

我吓得几乎要晕过去。现在要想离开此地，必须找到那帮家伙的船只。费了九牛二虎之力，我们在十字厅门口找到了他们那只小船。吉木掏出刀子，割断缆绳，把我搀上小船，飞速地向下游漂去。

我们算计着再过几夜就会到达伊里诺南头的开罗，俄亥俄河就在那儿和这条河汇合在一处，那就是我们想要去的地方。我们到了那儿就打算到俄亥俄河上游的那些不买卖黑奴的自由州去，那么就免得再生是非了。

我们顺水漂到一个大河湾里。这时候，黑暗的天空，被云彩遮住，闷热得很。这一段河面很宽，有长得很密的大树林子，像城墙似的立在两岸。你难得看见树丛中有什么缺口，也瞧不出什么光亮来。

我和吉木谈到开罗，可是不知道到了那儿能不能认识那个地方。我说，只要看见灯光，立刻划到岸上去，就对人家说爸爸在后面坐着商船马上过来。他做生意还是生手，想要打听一下到开罗去还有多远。吉木说这是好主意。

不久，就有一个灯光露出来，我忙把船划过去。正在这时，从那边驶来一只小船，上面坐着两个持枪的人。其中一个问我："今天晚上，上头那边河湾口跑了五个黑奴，你看见了没有？你筏子上有没有窝藏？"

我说没有。他们不信，说是要亲自去查看。我灵机一动，计上心来，连忙说："那是我爸爸，他正在生病。那种病是——先生，只要您把船划过去，而根本不必到木筏前……"

"快把船退回去！"一个人说，"他妈的，我算计着那阵风已把它刮到我们身上来了。你爸爸得的是天花，你为什么不痛快地说，想让我们都传染吗？"他们吓得立即往后退走了。我钻到窝棚里去，吉木并没在那儿。我大声喊起来，才见他从筏尾的桨底下爬出来。

"我听见了你们说的话，你可把他们骗苦了。哈克！你这一手真叫漂亮啊！我告诉你，孩子，我想这就救了我老吉木了——老吉木决忘不了你的恩典，老弟。"

夜晚变得黑暗而阴沉，这种天气跟下雾差不多是一样的讨厌。你既说不清河上的情形，也看不出距离的远近。大约到了夜深时，忽然有一条轮船由下游开过来。

现在，它朝着我们飞驶而来。这是一条大船，来势汹汹，看上去好像是一朵乌云，周围有一排排像萤火虫似的亮光。它那大得要命的船头和保险栏，已经伸到我们的头顶上了。船上有人对我们乱喊乱骂一通——这时，吉木从这一边，我从那一边刚跳下水去，它就一下子把木筏撞了个粉碎。

我蹿出水面，看见大船又开动机器，照样前进，虽然我还能听到它的声音，可是它已经在阴暗的夜里消失了。我大声喊了吉木十几次，可是一声回答也听不见。我找了个妥当的地方爬上岸来，无意之中已来到一所大木房子前。

这是上校甘洁佛的别墅。慈善的老先生收留了我。从此我就暂居于此，和年岁相仿的叭克成了形影不离的伙伴。几个礼拜过去了，我生活得还算顺心如意。

这一天，我在外面闲逛，服侍我的黑奴朝周围张望了一遍，然后径直奔过来，对我说："少爷，假如您到那个泥水滩去，我可以给您看一大堆黑水蛇。"

我跟着他来到一小块平地上，然后蹚着泥水到了一处空旷地，有一个人躺在地上睡着了。我小心翼翼地走上前去，定睛细瞧，哎呀，原来是老吉木！

重新和吉木相聚在一起，真是令我惊喜不已。我便不想再在上校家里住下去了，尽管我还有些留连。天黑下去后，我从房子里溜出来，穿过了树林，往那片泥水滩奔去。吉木并没在岛上，于是我又赶快跑到那个小河沟去，钻过柳林。可是真要命，木筏没影了！

我大声呼喊着吉木。话音未落，吉木从不远处钻出来，我赶紧顺着河岸跳了几步，跳上吉木指着的筏子，坐上去，感到又自由、又舒服，我便放下心来。

我们每天夜里赶路，白天靠在岸边躲着，只要黑夜差不多过去了，我们就停止了航行，把筏子拴在密林丛中。然后就由鱼丝上取下几条鱼来，做一顿热乎的早饭吃。

有一天早晨，将近天亮了，我发现一条无人摆渡的独木船，就穿过一道急流对着河岸划过去。忽然看见两个人从河岸上的小路上飞跑过来。一边大喊一边央求我救命，说有许多人在后面追得很紧。

我同意他们上船。这两个家伙中，有一个大约是70岁的样子，衣衫破旧；另外那个有30岁左右，差不多也是一副穷酸打扮，却自称是皇帝和公爵。尽管我断定他们是一些扯谎的家伙，根本不是什么皇帝、公爵的后代。但是我和吉木还是称呼他们为皇帝、公爵。在一个筏子上，我们最希望的就是每人都能顺情顺理、和和气气。

他们问了我们许多问题，想要知道为什么我们把筏子那么严密地盖起来，为什么白天躲在一边儿，不往前走——难道吉木是一个逃跑的黑奴吗？为了打消他们的疑虑，我便把早已约好的托词冲两个说起来，不由他们不信。

公爵说："等我来出个主意，好在白天也能赶路，假如我们想要那么干的话，我得把这件事想个妥当的办法来安排一下。"

在河湾下游大约三里地，有一个不起眼的小镇。吃完饭后，公爵说他想出来一个主意，他要到镇上去，把这件事安排一下。

"过了今晚，咱们就可以白天赶路了，"公爵说："咱们只要看见有人走过来，就用一根绳子把吉木捆起来，放在窝棚里。就说咱们在上游抓住了他，因为手头没钱，坐不起轮船，就跟朋友赊帐，弄到这节木筏，往下游去领赏。"

我们都说公爵实在高明，今后白天赶路决不会碰到麻烦。于是我们死躺着，一直等到将近10点钟了，才把筏子撑开河岸，远远地离开那个镇，偷偷摸摸地往下溜。

怎样打发这寂寞的时光呢？公爵说他会演戏，他能熟练地把剧作家的道白台词背诵下来。他表演得还算过得去，好像天生就有演戏的本领似的。

这天早晨，我们深入到阿堪索州南部，看见一座不起眼的小镇，就在那儿拢了岸。除了吉木，我们都向小镇走去，看着能不能在那里找个地方表演一番。

就在这天晚上，我们的戏居然也上演了。可是所到人数很少，所收票款刚够开支。那些人老是嗤嗤地笑，没等演完就几乎走光了，可把公爵给气坏了。

我在天亮时睡醒了，看见吉木坐在那里，脑袋垂在膝盖当中唉声叹气。我没有理睬他，也没有声张，我知道那是怎么回事。他正在想他在上游远处的老婆孩子。他心里很烦，非常想家，经常唠叨着他的几个孩子——吉木这个人，真是好心肠的黑人哩。

不知为何，最近几天，皇帝和公爵好像对我们隐瞒了什么。他们在窝棚里交头接耳，叽叽咕咕一谈就是两三个钟头。我和吉木都有点儿提心吊胆，我们猜想，他们一定在琢磨什么更坏的鬼把戏。

这天皇帝和公爵又到一个小镇去演戏。我趁机返回来，跳上一只小船，我对着沙洲猛力划过去，那个沙洲在河中央，我一秒钟也不敢耽搁。等到我最后划到筏子旁边时，我已经累得快要死了。

我跳上筏子大声喊道："吉木，快出来，咱们可把那两个东西甩掉了！"吉木马上从窝棚里跑出来，伸出胳膊抱住我，他实在是高兴极了。

一转眼的工夫，我们就顺流漂下去了。我们两个又能在大河上自由地漂荡，再也没有人来打扰我们，真是轻松快活。我们不由自主地蹦跳起来。

一连过了好几天，我们再也不敢在哪个镇上停下来，只是顺着大河往下漂。我们现在已经来到暖和的南方，离开家乡已经很远了。

这天我又靠岸打听我们到了什么地方，突然发现一只小船悄悄向我们的筏子驶去，开始我不以为然，等我问完路回来，大声喊着吉木。可是没人答应，也没人从窝棚里爬出来。

吉木已经没影了。我懊恼地坐在地上哭起来。过了一会儿，有个孩子由对面走来，我问他看见一个如此打扮的黑人没有。

孩子说："我看见一个黑人到下游二里多地的赛拉·菲力浦家里去了。他是个逃跑的黑奴，被他们抓住了。谁抓住了他，就可以得二百块钱的奖赏。"

我又回到筏子上，坐在窝棚里，想了又想。我想吉木要是回到家乡去，守着老婆孩子过日子，要比在外面瞎混强上千百倍。所以我最好给汤姆·索亚写封信，叫他把吉木的下落转告给村里的主人。

我甚至把信也写好了。可是思虑再三，我打消了这个念头。我想起吉木总是称我为老弟，关心我爱护我。凡是他想得到的事，样样都替我做到了。他实在是太好了。

我平心静气地琢磨了一下，然后就对自己说："好吧，下地狱就下地狱吧！"——我一下子就把信扯碎了。

我打算先想办法把吉木偷出来，不让他再给人家当奴隶。然后我就仔细地盘算，究竟应当怎样下手。我心里翻来覆去想了许多主意，最后决定了一个合意的办法。

第二天，天还没亮我就爬起来，吃完了早饭，穿上了我一套像样的衣服，坐上小船，划向对岸。然后我顺着大道走过去，只见前边一排木房子，门口挂着一块招牌："菲力浦锯木厂"。

我赶到这里时，到处都很安静，像个礼拜天似的。天热得很，有些甲虫和苍蝇在空中嗡嗡地飞，那一片微弱的声音，叫人觉得沉闷。菲力浦家的这块土地，是种着棉花的小农园。我走上前去，隐隐约约地听见一架纺车呜呜咽咽地转动着，那实在是世上最凄凉的音调。

我才走到半路，有两条狗一纵身就向我扑过来。我只得马上站住，面对着它们，一动不动。一转眼，四面八方跑来十几条狗，把我围在当中，它们这一通乱叫可真够受的！

一个女黑人从厨房里飞跑出来，手里拿着一根擀面棍，左捶右敲，那些狗四散逃命去了。接着又由房子里跑出一个白种女人，年纪在45岁上下的样子，她笑得简直闭不上嘴了，她说："你可来了啊——可不是吗！"

她一把抓住我，紧紧地抱了我一下，然后攥住我的手，握了又握。她的泪水夺眶而出，不住嘴地说："看见你，我真高兴！孩子们，这就是你们的姨兄汤姆！"

于是她拉着我的手，向那所房子走过去。我们到了屋里，她叫我坐在椅子上，握着我的手，让我把家中的事情都讲给她听。

这可让我犯了难。我现在知道他们把我当成了汤姆·索亚，这位老太太是萨莱姨妈。我便把家里的事情——我是说把我知道的汤姆家里的事情——都告诉了她。可是她还在不停地问，我看出来，再撑下去也毫无用处，恐怕我必须举手投降了。

我便借故赶车到村里去取行李。刚走到半路，就看见对面过来一辆马车，一点也不错，汤姆·索亚果然来到了。他看到我，惊讶得嘴都合不上了，愣在那里，我知道他以为是碰到了鬼了。

我把经过告诉他，才打消了他的疑虑。然后把我现在的僵局，对他说了一遍，问他觉得应该怎么办。他思考了一会，对我说："你把我的衣箱搬到你的车上，就算是你的。你再磨蹭一段时间，为的是你不早不晚回到他们那里。咱们见面时，你不必说你认识我。"

我说："好吧，还有一件事，咱们村里的黑奴吉木被卖到这里，我想把他偷出来，不让他当奴隶，你能为我保守秘密吗？"

汤姆起初显出惊奇的神色，尔后他的眼睛忽然一亮，他说："我来帮你把吉木偷出来！"然后他把衣箱搬到我的车上，我们就各走各的路。

汤姆冒充席德——汤姆的弟弟，同样受到萨莱姨妈的热烈欢迎。以后的日子，我和汤姆随时都在注意大家的谈话，可是毫无结果；他们并没有提到什么逃跑的黑人，我们也不敢把话题引到那上面去。

于是我和汤姆便对居住地进行了一番暗中考察。我们从滤灰桶旁边的小屋走过去，看见一个黑人奴仆端着饭走来。靠着小屋的后背，有一间木板搭成的斜顶棚子。我们知道，吉木肯定被关在里面。

那天入夜，我们揣摩着大家都睡着了时，钻进那间斜顶棚子。点燃一支蜡烛，我们站在吉木床前，看见他显得又硬朗、又壮实，就轻轻地把他弄醒了。他见着我们，高兴得几乎要哭起来。

我们告诉吉木，让他先呆在这儿，我们一定想方设法采取措施把他救出来。我和汤姆每天偷一个大烙饼送给吉木，为的是改善一下他的伙食，别亏待了身体。

这天我们坐在一起进餐。赛拉姨夫无意和萨莱姨妈谈起吉木的转卖问题。我和汤姆的心不由提到了嗓子眼儿。看来，我们不能再拖了，要抓紧行动把吉木救走。

黑夜，伸手不见五指。我和汤姆摸黑直奔那间斜顶棚子。我急得连话也说不成句了，但吉木还是马上明白了，大事不好，应当尽快逃走，一分钟也不能耽搁了！

可就在这时，外面传来了轻微的脚步声。事不宜迟，我们摸到门背后，汤姆贴着门缝往外看，可是根本看不清。于是他把耳朵贴在门缝处，听了又听，可是脚步声总在外面不远处转来转去。

我们弯着腰溜出门来，大气不敢喘一口，我们朝着栅栏偷偷地窜过去，一个跟一个。我和吉木都翻过了栅栏，可是汤姆的裤子让一根木棍紧紧挂住了。他用力一挣，那木棍折断的响声，惊动了监视的人。

他们大声喊着，我们撒开腿往前猛跑，只听后面传来枪响，子弹从我们身旁呼啸而过。他们猛追过来。我们一口气跑到锯木厂，穿过矮树林，来到拴着独木船的地方。我们一纵身跳上船，拼命地划向河心，可是仍旧尽量地不弄出响声来。

我们对着小岛从从容容地划过去，岸上的那伙人喊叫着跑来跑去，可看不清我们的踪影。我们走远了，喊叫声也随之越来越小，最后渐渐就听不见了。

我对吉木说："老吉木，你现在又成了自由人了，我敢说你从此以后再也不会当奴隶了。"

吉木高兴得连连点头，还说："而且这件事做得真是太好了。哈克，主意想得漂亮，干也干得漂亮。"

汤姆的腿肚子上挨了一枪。我和吉木一听见这事，就不像刚才那么快活了。汤姆的伤口痛得厉害，我和吉木打算去找医生，汤姆起初不肯，可架不住我们的努力劝说，只好同意了。

我到附近村子找到一位老医生，他随我来到我的小船旁。可他对这直摇头，他说应该再去找一只筏子。我便在一旁等着他。于是我爬到一个草垛中间，等我从梦中醒来，太阳已经快要到我的头顶上了！

我又一口气跑到医生家里，他的家人说他夜里出诊，一直未归。我拔腿想回到岛上去，刚一拐弯，差点就撞在找寻我的赛拉姨夫的身上。我回家后，萨莱姨妈一看见我，高兴得又哭又笑。

赛拉姨夫带领众人四处打听席德的下落。只听外面一阵喧嚷，汤姆躺在一张草褥子上，被人抬回来了，那位老医生站在身后。还有吉木，他被反绑着，押着走过来。

人们气忿极了，有几个人提议要把老吉木绞死。他们把吉木押到原来那间屋子里，又用铁链把他拴紧。

这时候那位老医生说："我觉得这个人并不算坏。那个孩子伤势很重，就是他帮助了我，才得以使那孩子脱离危险，令我相当满意。他完全可以跑掉，但是为了那个孩子，他束手就擒，并且，自始至终，他毫无怨言。"

我从心底感激这位老医生，他为老吉木说了这么多好话。大家都承认吉木的行为非常好，对他不但应该另眼看待，而且要给他一笔奖赏。于是，大家诚心诚意地表示一定不再骂他了。

第二天，我听说汤姆已经好多了。萨莱姨妈守护在他的床前。汤姆问起吉木的情况，当他听到吉木又被关起来时，他眼里冒着火，大声喊道："你们没有权力把他关起来，赶快把他放开！他已经不是奴隶了，他跟全世界上有腿走路的人一样的自由！"

"这个孩子说的是些什么话！"萨莱姨妈怀疑汤姆的身体是否复原。正在这时，汤姆对着门口进来的人叫道："波莉姨妈！"可不是吗，她果然在那儿站着呢，笑容可掬。

我马上在床底下找了个凉快地方一躲，因为我觉得当时的空气，对于我实在是热辣辣的。我偷偷地看到波莉姨妈对着汤姆望去，问他："汤姆，你这是怎么了？是不是又上哪儿去捣乱啦？"

"不，那不是汤姆，那是席德。"萨莱姨妈纠正说，"汤姆上哪儿去了？他刚才还在这儿来着。"

"你是说哈克贝里上哪儿去了吧，"波莉姨妈说，"我想我养活了汤姆那个小捣蛋这么多年，决不会睁着大眼不认识他。从床底下爬出来吧，哈克。"

我只得硬着头皮爬出来，真是不好意思。萨莱姨妈那头昏眼花、莫名其妙的神情，可真够瞧的。赛拉姨夫丈二和尚摸不着头脑的样子，更是令人忍俊不禁。

波莉姨妈顺便捎来吉木的主人在遗嘱里宣布吉木已得到自由，成为一个自由黑人的口信。我们一转眼就把吉木身上的铁链子卸掉了。我们拉着吉木的手又唱又跳，高兴得简直忘乎所以。我们望着湛蓝的天空，那儿有无数鸟儿在尽情飞翔，我们通过切身经历知晓：人最重要的是什么——自由。

（邱纯义　缩写）

诱　拐

〔英国〕史蒂文生　原著

　　1751年6月初的一个早晨，我最后一次锁上父亲家的门，向坎贝尔牧师家走去。

　　牧师把父亲的遗嘱交给我，让我到我的老家——肖府去。真没想到，我一个乡下穷教员的儿子，还只是个17岁的孩子，竟有这么个古老、正直、可敬的家族。

　　第二天午前，我就来到肖府所属的克兰蒙德教区，并且向人们打听肖府在哪儿，谁知得来的竟是抱怨和诅咒，我不禁疑惑不解。直到夜晚，我才找到肖府那座破落的宅院，那儿显得格外凄清、荒凉。

　　好一阵叫门，我那位嫡亲伯伯才小心谨慎地把我让进屋。他神情卑贱，窄肩曲背，有一张灰白的脸，年龄可能在50至70之间。他看完父亲的遗嘱，把我安顿下来。

　　接下来的日子里，我发现伯父是个不折不扣的吝啬鬼，他那双眼睛总是鬼鬼祟祟、躲躲闪闪地盯着我，使人捉摸不定。我对他观察得越久，就越发肯定他一定是为了什么事把我当成了仇敌。

一天夜里，伯父突然给了我37枚金畿尼，我被他的突然慷慨弄得目瞪口呆。过了一会儿，他递给我一把生了锈的钥匙，让我去拿塔楼顶上的小箱子。伯父不允许带火，我只好沿着墙走，用手摸着楼梯，贴着墙根往上爬。突然，一道闪电划破天空，我恐惧地发现，那些所谓的楼梯不但长短不一，而且离我一只脚不到两寸的地方，还有一个深不可测的窟窿。我继续往上爬，当我摸到一块石级边，再一伸手时，猛然手一滑，扑了个空，差点儿掉下去，原来石级到了尽头啦！我的心中涌出一股说不出的愤怒！这分明是要送掉我的命！

我缓缓地按原路返回，悄悄地摸到伯父背后。他正坐在桌旁，魂不附体地将烈酒大口大口地往肚里灌。我冷不防在他肩头一拍，大叫一声："喂！"伯父立刻如死人般地躺倒在地。

现在是我占了上风。第二天早饭时，我又一次追问伯伯为什么要害我。突然，一个穿航海服的孩子送来一封契约号船长霍西森的信，邀请伯伯埃比尼泽·巴尔福去皇后码头的荷恩旅馆见面。我很想见识一下大海和那些船只，于是就和他们一同走出了家门。

我对伯伯和霍西森的谈话毫无兴趣，于是就和那个小男孩兰赛姆在旅店的一个前房里吃喝起来。从店老板的口中，我得知埃比尼泽实际上是我父亲的兄弟，我的叔叔。不久，叔叔和霍西森一同来到我的面前，那船长邀我到二桅船上去玩一会儿。

想看船的欲望促使我毫不犹豫地坐上小船，转眼就来到了大船边。大船的吊索将我吊上甲板，那股兴奋劲儿几乎使我忘记了一切。等我冷静清醒过来，再找叔叔时，他早已坐着小船向小镇划去了，留给我的只是一张十足恐怖残忍的脸。

这时，几只强壮的大手抓住了我，不知是谁狠狠地打了我一拳，我顿时眼冒金星，失去了知觉。

当我在黑暗中醒来的时候，发觉我手脚被捆地躺在船中的一个洞穴里。许多不熟悉的声音撞击着我的耳鼓，晕船的强烈反应把我折磨得奄奄一息。幸好，这船上的二副雷契先生还算有点良知，在他的帮助下，我被安置到前甲板下面的水手舱里。

我在严密的监视下躺了好多天，不仅恢复了健康，也渐渐熟悉我的同伴们了。

一天晚上，约莫9点钟的时候，舱里的小窗猛一下子飞开，被打伤的兰塞姆被两个水手抬了下来。这是船上的大副夏先生干的。从那以后，我就接替了兰赛姆的工作，住到了后甲板室，去随时伺候船长和大副。

后甲板室比甲板高出六尺，那儿的橱柜里收藏着头儿们的财产和船上一部分粮食，那儿的储藏室里还有最好的肉食、饮料和火器弹药。

我的工作主要是服侍船长和大副、二副吃饭，生活不算十分艰苦，时间也并不长，但可怜的兰赛姆的影子却一直压在我的心头。

在我们航行的第10天，白色的浓雾笼罩了船只。也许是晚上11点钟左右吧，船突然发出一声巨响，我们的船在迷雾中撞翻了一只小船，小船上只有一人遇救。

我第一次见到这个人时，他神色沉着，眼睛里闪现出一种疯狂的神情，他那身漂亮昂贵的法国衣饰，那对镶银的漂亮手枪和那柄巨大的宝剑，都说明他是一个流亡法国的亡命徒。他叫艾伦，他说如果我们的船送他到林尼湾的话，他就给船长60块金币，船长答应着走出了后甲板室。

当我踏上甲板来向船长要食品柜的钥匙时，我听见船长正和他的两个副手密谋暗算那个人。我的出现起初让他们大吃一惊，继而他们又对我表示亲热，想利用我偷偷取出后甲板室里的武器。

　　我慢吞吞地往回走去，可当我两只脚刚踏入后甲板室的那一瞬间，我决定要站在那个流亡者的一边。我将船长的阴谋告诉了艾伦，他并没有显出惊慌的神色，而是从容地部署了一下我们的战斗防御，并为我选了几样武器。他让我守住后门和天窗，而他则把守正门，因为主要战斗将在那里进行。

　　一想到我们俩将要对付15人时，我的心不禁扑通扑通地直跳，胸口发闷，嘴又干，眼睛也逐渐模糊起来。

　　那些在甲板上等我回去的船老大们终于失去了耐心，随着一阵猛烈的脚步声，一连叠的呐喊声，恶斗开始了。我和艾伦配合默契，接连打退了敌人的两次进攻，杀死杀伤六人，取得了绝对的胜利。

　　一夜无事。第二天一早，船长请求谈判，他答应将我们送到原来的指定地点去。

　　经过昨晚那场恶斗，我们已成了好朋友，我已经知道了他的经历。他姓斯图亚特，叫艾伦·布雷克，他有着高贵的血统和高超的剑术。他曾参加过英国军队，后来开了小差，现在口袋装有法国国王的委任状。尽管他在英国遭到通缉，但他从不把这当回事。打1746年起，他每年都要回来，一是看看故乡，二是为法国军队招募新兵，最重要的则是为流亡法国的首领取回原来佃户们凑的钱款。这些钱就装在他随身扎的那条束腰带里。

　　由于夏先生死于恶斗，船上没有了领航员，契约号只得战战兢兢地在布满暗礁的大海里挪动。尽管我们沿着较安全的靠近陆地的海岸航行，契约号还是狠狠地撞到了一块暗礁上，船搁浅了。

　　这时大家开始忙着准备船上的那条小艇。突然一个大浪打来，我被抛过船舷，掉进了大海。海水把我搞得神志昏迷，忙乱中，我抓住了一根很大的桅杆。这时那条大船已离我很远了，呼救声显然已传不到哪儿去了。

　　我只好抱紧桅杆，两脚拍打水面，幸好一股急流将我抛向了陆地边缘。

　　夜半的寒气使我不敢入睡，只好光着脚在海滩上走来走去，还不时敲拍着自己的胸膛。好容易盼到了东方发白，我马上穿好鞋子，踏上那崎岖的山路，沿着海岸向东走去，希望能找到一所房屋，让我暖和一下或打听一下失散的人的消息。可是走了半天，直到我踏上一块高地时，我才明白我是给抛弃在一个四面环海的荒岛上了。

　　我又饥又冷，只好找一些贝壳类的小水生物充饥。我时时刻刻都在盼望附近有船经过。终于在第三天，我看见了一只小船，它离我是那么的近，我兴奋极了，立刻向他们大声呼救。然而他们竟大笑着弃我而去，我绝望地大哭起来。

　　下一天，我的体力已经非常虚弱了。正当我消沉之际，昨天那只小船又回来了，上面还多了一个人。这一下，希望和恐惧的感觉马上又在我的心头激荡起来，我害怕再遭到昨天那样的打击，于是背转过身，尽可能慢地数到一千时，猛地一转身。啊，一切都没问题了，那船是笔直地向我驶来的啊！我的心都快炸裂了。

　　我再也没法抑制自己了，我朝海边狂奔而去。然而那条小船停在我们可以互相交谈的地方，我再也不靠前一步了。那个新来的人咯咯地笑着，对我说了许多话，然而我只听懂了两个词"无论如何""浪潮"。他老是不断地向不远处那个大岛的陆地挥舞着手臂，这使我突然明白了什么。我马上掉转头，向那个水湾跑去。果然，那小湾已退成涓涓细流，水还没不到我的膝盖，我大叫一声，蹚着水冲到了大岛的岸上。

　　原来我待过的那个岛只有涨潮时才是个孤立的小岛，落潮时便与大岛相连，任何一个在这海边长大的孩子都不会在岛上逗留一整天的，每24小时中，都可以进出两次，而我却没有发现这一点，以至于差点在那岛上留下了我的白骨。

我拖着疲倦的身子，克服一路上的困难，终于在傍晚时来到了一个小小的山谷边的房子跟前。一位老先生友好地招待了我。从他口中，我知道我那条船上的伙伴们已经安全地登了陆，艾伦还给我留下口信，让我到他的家乡去。原来他在船上看见我落水后抓到了一根桅杆。

第二天很晚的时候我才动身。经过几天的流浪，我一路问询地来到了吐罗赛。那儿有一个正规的渡口，渡船的老大是艾伦的同族，正是艾伦的口信引我到这渡口来的。我找了个机会和他谈了一下，他把我应该走的路线告诉了我。

在以后的路途中，我结识了一位真正的传教士，并在他家里度过了舒服的一夜。后来，他还替我找到了一个捕鱼人，那人将我送到了艾伦的家乡亚品。

我在一片森林附近登岸了。这是一片桦树林，生长在一个陡峭崎岖的山坡上。我坐了下来，这时，一队人马声从树林那儿传来。不久，道路的转角处出现了四个旅客，领头的是个魁梧的红头发绅士，有着一张傲慢专横的红脸。我突然想起艾伦的一次描述，认出他就是艾伦的死对头珂林·罗伊·坎贝尔。不知是出于什么原因，我突然想来一次冒险。于是我站了起来，故意向他打听到艾伦家族那儿怎么走。

这个红头发似乎觉得有些吃惊，他的两只眼睛死死地盯住我不放。就在这时，从那高高的山上射来一枪，枪响过后，珂林扑倒在地。

我猛地惊醒过来，转身向山顶爬去。我看见那个凶手穿着一件黑外套，扛了一支长长的猎枪，正在飞快地跑着。我连奔带跳地追在后面，本想去捉住那凶手，可没想到，山下那些人却把我当成了凶手的同伙，有的人竟拿起了家伙向我瞄准。我一时目瞪口呆，不知所措。

"钻到这儿的树林里来。"近边响起一个声音。

我不由自主地钻了进去。这当儿，子弹嘶嘶地怪叫着飞进了桦树林。就在那树林里面一点，我发现有人拿着一根钓鱼竿，直挺挺地站在那儿，竟是艾伦·布雷克。他只简单地说了句"跟我来！"便向前奔去。我们一会儿在桦树林中奔跑，一会儿弯下身子，躲在山边的小墩子后面前进，一会儿又手脚并用地在灌木丛里爬行。每走一步，都有致命的危险，我的心几乎要炸裂了，只有艾伦还不时的挺直身体，回头观看；每一次他这样做都会引起敌人的叫喊声。我明白，他这样做的目的就是想吸引追兵，放走那真正的凶手，而我们却成了嫌疑犯。

艾伦对这一点毫不在意，一刻钟后，他啪的一声扑倒在灌木丛里，我也学着他的样子趴了下去。我们以同样的速度，万分小心地沿着原路爬了回去。

当我们休息时，艾伦给我讲了他的险遇。事情是这样的：那天当我被大浪打到海里时，艾伦看见我抓住了那根桅杆，因此他认为我可能还有登陆的希望，才留下了那些线索和口信。当时，他们坐上小船划到了岸边，霍西森和雷契等人打起架来，艾伦就趁机跑掉了。

等我们的体力恢复后，艾伦又带着我向一个斜坡走去。约莫晚上10点半左右，我们来到一个院子门口，那是他的同族詹姆斯·斯图亚特的家。院子里的仆人正忙作一团。詹姆斯告诉艾伦，那是由于珂林的死给家乡带来了飞来的横祸，为躲避官方的搜查，他们正在掩埋自己私藏的武器。

詹姆斯让我们换好衣服，说："艾伦，你们必须赶快离开这儿，他们一听到关于你们的风声，一定会来抓你们的。而且为了我们一家，我还必须悬赏通缉你，这是我躲避不了的，这一点，你了解吗？"

"是的，我了解。"艾伦说。

为了不再给他们添麻烦，艾伦和我又迎着夜色出发了。我们有时走，有时奔，尽管拼命地赶路，但快到东方发白时，我们还是找不到一个藏身之处。我们发现是身处于一个大得可怕的山谷中了，到处岩石遍布，一条汹涌的河流从中间穿过，四周群山高耸，荒芜凄凉，没有一点草木。

"这不是我们呆得下的地方，他们准会注意到这儿的。"话才出口，艾伦就向河边奔去，笔直地跳上河中间那块岩石，落地的时候向前一扑，用双手双膝撑住了身体，要不，岩石那么小，他可能冲过头，掉下水去。我也学着他的样子，跳了上去。

我们并排站在那块小小的岩石上，那儿浪花四溅，滑得站不稳，面前是滔滔河水，距对岸有一段不容易跳过的距离。艾伦把嘴凑到我的耳边，大喝一声，"不是绞死，便是淹死！"然后纵身一跃，他竟安全着陆了。此时，我的耳朵里灌满了嗡嗡的响声，我把身子伛下，低得几乎膝盖着地，然后，靠着那股绝望下的愤怒，使劲向前一跳，艾伦伸手抓住了我的头发和衣领，将我拖上了岸。

他一句话也没说，重新拼命地奔跑，我也只好摇摇晃晃地跟在后面狂奔。末了，我们来到一块巨大的岩石前面。艾伦踩在我的肩头上，用力一窜，爬上了岩石，接着他用他的下束腰带，把我拉了上去。

这是一块中间凹的岩石，它上面是可以藏下三四个人，我们终于可以休息一下了。当我被艾伦从睡梦中推醒时，我发现不知什么时候，山谷里布满了穿着红外套的士兵。他们在多得数不清的岩石中搜查着，还有的士兵用枪上的刺刀，向灌木丛里乱刺，使我的脊椎里透出一股冷气。有时候，他们也在我们的岩石附近逛来逛去，吓得我们几乎不敢呼吸。

午后的酷热使我们变得昏沉沉的，士兵们也昏昏欲睡，疏于警戒，于是我们趁机悄悄地走下了山谷，往那重叠的群山走去，渐渐离开了他们的包围圈。在这样的开阔地中行进，光靠敏捷是不够的，我们得把整个地区的形势，甚至是我们必须踏上的每一块石子的牢固性，都要迅速地判断好；那天下午变得那么寂静无声，就是一块小石子的滚动，也会像一声枪响似的在山冈和悬岩之间散布回音。

月亮升起来时，我们才进入了安全地带。

7月初的一个早晨，我们到达了目的地——考雷纳基格巉崖。艾伦用一根树枝做成十字架的形状，把它的末端用木炭涂黑，然后把曾送给我的一颗银纽扣又要了回去。他用布条包好扣子，再把一根小桦树枝扎在另一根枞树枝上。趁天黑，他把这个小小的"火焰十字架"放到了一个可以信任的朋友的窗台上。

第二天中午，一个汉子来到了我们藏身的树林里，艾伦让他给詹姆斯带去一封信。

第四天黄昏时，那人带来了詹姆斯太太筹集的一点钱，不到五个金几尼。艾伦和我收拾好我们的财物，匆匆上路了，继续我们的亡命生活。

我们顽强地连续走了十多个小时，来到了一块低低的凹凸不平的荒地前。这儿四周都是山头，任何时候，只要从山头上望下来，就可以侦察到我们；我们只好尽拣低凹的地方走，当这些凹地跟我们走的方向不一样时，我们就万分小心地在草原的光秃秃的地面上移动；有时必须连续半小时地在一个个树丛中爬行。

快到中午时，我们爬进一座浓密的灌木丛，躺下来轮流休息。可是当我担任警戒时，我瞌睡过了头。我醒来时，一队骑兵已从山上下来，从东南方面逐渐迫近我们，他们散成扇形，在那茂密的灌木丛周围跑来跑去。

我连忙将艾伦唤醒，形势已万分危急。他只好决定向亚尔德山冲去，那是一座漠无人烟的荒山。接着，他开始以一种难以相信的速度，用手和膝盖向前奔去，仿佛他天生就是这么走路的。这段时间，他弯来拐去地尽在容易把我们隐蔽起来的荒原上的低凹地里进出，而且这种用手和膝盖奔跑的姿势带来了压倒一切的虚弱和疲劳。我的身体疼痛软弱，我的心剧烈地跳着，我的手酸软无力，喉咙和眼睛给那无间断的尘土刺激得发痛，我几乎坚持不住了。

当晨曦到来时，我们已经通过了最大的危险，终于可以像人一样的用两只脚走路，而不必学野兽的爬行了。我们是那样的疲乏，以至于中了人家的埋伏，被克仑努手下的人捉住了。幸好克仑努也是六年前大规模反抗运动的首领之一，也正遭到通缉，因而我们受到了很好的款待。

长期的疲劳终于使我病倒了。等我的病情稍有好转，我们又重新踏上了征程。这次我们之间的气氛和以前大不一样，我们很久都没有说话，一股怒火正在我心中燃烧。因为当我神志不清躺在床上时，艾伦用甜言蜜语骗走了我的钱，把它输在了克仑努的赌桌上。现在他已经不名一文，却准备高高兴兴地依靠我从克仑努那儿恳求得来的钱过活，这简直是我的耻辱，不由我不愤怒。

路上艾伦虽然曾不懈地对我表示和善，希望我能消失那种不愉快的感觉，而我却始终拒绝着他。终于，艾伦也失去了耐心，又恢复了以前的样子，吹着曲子，还不时地嘲弄我。

这段时间，我的身体越来越不行了，阴郁的气候和恶劣荒凉的环境摧残了它。我的腿如灌铅一般，腰部的刺痛简直没法忍受。我的脾气越来越暴躁，甚至想马上和艾伦一刀两断，更想和自己的生命决绝。刚巧在这时，他又开始嘲弄我，我也用严厉的语词回击了他。

我的话显然激怒了他，我甚至准备和他决斗了。可是当我的剑还没碰到他的剑锋时，他却把剑一掷，倒在地上，嘴里不停地说："不，不，我不能够，我不能够啊！"

看到这种情况，我最后的一丝愤怒也完全消失了，我开始后悔刚才所说的话，但我明白任何道歉都是无用的。这时，腰部的剧痛提醒了我，我知道只要我喊一声求救，艾伦就可以重新回到我身旁。我抛掉了心头的骄傲，叫道，"艾伦，要是你没法帮助我，我只好死在这儿了。"

艾伦一下子站了起来，紧紧地靠着我，扶我沿一条小溪走去。我们在第一个碰见的屋子门前站住了，幸好这家也是艾伦家族的同一支。他们给我请来一个大夫，那时我的情况已危险到了极点。

当他们宣布我可以动身时，已经是8月下旬了。我们又继续向我的家乡走去，我要向我的叔叔讨个公道。8月22日，我们来到了施德林桥附近。桥紧靠在城堡的山冈下，又高又狭，它就是我和艾伦得救的大门。四处一片肃静，似乎连通道上也无人把守。

我刚要冲过去，艾伦挡住了我，他要我把情况弄清楚了再走。我们在堤岸后面躺了一刻钟光景，一个拿拐杖的老婆婆走上桥。突然一声吆喝："谁在走路？"接着听见一支滑膛枪的枪托在石子地上咔哒响了一声。好险啊！

这下我们失去了从桥上通过的信心，只有另想办法了。

第二天上午，我们走进一家很小的客栈，在那儿向值班的小姑娘买了些面包和干酪，准备带到前面不到半里路的一个树丛里去吃。在回去的路上，艾伦突然想出了一个主意。他要我装出一副可怜的样子，然后又把我拖回了那家小店，像一个保姆似的喂给我吃喝，这一切动作，配合了那种忧郁、关心、深情的面容，终于感动了那个小姑娘。艾伦趁机请求她把我们渡过河去。那姑娘沉吟片刻同意了。

我们在树林中躲过了难熬的一整天，直到夜里过了11点钟，才听到嘎吱嘎吱的划桨声。这是那小姑娘偷了邻居的船，单独地来帮助我们了。

她把我们送到河对岸，没等我们说一句感谢话，就又重新驶进大河，划回去了。

第二天，我们商定先由艾伦自个儿躲着，直到太阳落山，听到我的口哨声，他才可以动弹，而我则单独进了城。

我不敢向人们打听兰基勒律师住在哪儿，他们看到我这副可怜相，一定会哈哈大笑的。我犹如一只丧家犬似的走来走去。太阳升高了，也许是午前9点钟了，我感到精疲力尽，就在一幢漂亮的房子前停了下来。这当儿，门突然打开了，走出一位机敏的、脸色红红的、相当傲慢的人物，他戴了一头假发和一副眼镜。他看见我，便径直走到我的面前，没想到，他就是兰基勒本人。

我被带到他的房间，对他讲了我的经历。当他听到艾伦这个名字时，他那闭目养神的姿势突然改变了，他在椅子上摆动着，眼睛也睁开了。"你也许留意过，我的听觉有点迟钝，我不敢肯定是不是听清楚了这个名字。要是你高兴的话，我们就把你的朋友叫作汤姆逊先生。以后你需要提到的任何不受法律欢迎的人，我都照这样的方式来听。"

我微笑一下，同意了。

兰基勒先生耐心地听完我的故事，然后告诉了我有关父亲和叔叔的事。他们是为了一件恋爱事件才造成今天这个样子的。爸爸和叔叔曾同时爱上了一位姑娘，为了爱情和家族的安宁，作为长子爸爸放弃了财产继承权。结果爸爸得到了姑娘，而叔叔得到了财产。

现在我是唯一的限定继承人，但叔叔却是个对无法辩护的事也要斗争一下的人物，因而要从他手中夺回继承权，就必须定个计策。我想请艾伦帮忙。

吃饭的时候，我把自己的想法告诉了兰基勒律师，他沉思了好久。接着，他说给我讲一件有趣的事。几年前，他和书记托兰斯各自出去办自己的事，约定在一个十字路口见面。结果托兰斯因为多喝了几杯酒不认识他的老板了；而他因为忘记戴眼镜，也认不得自己的书记了。说完，兰基勒先生大笑起来。出于礼貌，我也微微笑了笑。可令我惊奇的是，整个下午他都反复地说个没完，我不禁为他感到害臊，真不懂他为什么老讲这个并不有趣的故事。

我和艾伦约定的时间快到了，我们走出了屋子，托兰斯跟在后面。经过市镇的时候，这位律师不断地和路人打招呼，可以看出，他在这一带很受尊敬。最后，周围已没有房屋了，突然兰基勒叫了一声，他拍拍自己的口袋，并笑出声来："我说了那么多，结果我还是忘了我的眼镜！"

听到这些话，我才有点明白他谈那些往事的目的了。他故意将眼镜忘在家里，这样他也许就可以在得到艾伦的帮助的同时，又用不着处在认出他的尴尬局面里了。但我知道兰基勒先生即使不戴眼镜，看人也是相当清楚的，因为他路上曾跟不少人说过话。看来这是他花了不少时间才找到的好办法。

我们走上山岗，我开始不时地吹艾伦教我的那首曲子。临了，我看见艾伦从一棵灌木后面站了起来。

我把兰基勒先生介绍给他，然后，我们一起向肖府走去。

当我们看见肖府时，夜已经相当深了，四周漆黑一片。我们在50码以外的地方悄悄地进行了最后一次商量，然后，律师、托兰斯和我蹑手蹑脚地向上走去，在屋子的拐角处蹲了下来，艾伦则一点没有隐蔽地走到门口，开始敲门。

过了好久，我听见窗子轻轻地向上一推，我知道那是我的叔叔来观察究竟了。

"你是干什么的?"他的说话中颤动着一种疑惑不安的音调。

"我是为大卫的事来的。"艾伦说出我的名字。

"什么?"我的叔叔叫道,声音大大地变了。他关上窗子,花了很长时间才下得楼来,又花了更长的时间打开那些门闩和锁链。然后,他在门口最上面的台阶上坐下来,手里拿了支短枪,提防着。

"我的一个朋友在海边发现了被淹得半死的小伙子,他是你的嫡亲侄儿。因而我想来和你谈判一下,你可以在这二者之间做出选择,对你的侄儿是杀死还是保留?"艾伦盯着我的叔叔说道。

"哎,保留,保留!"我的叔叔悲叹一声道,"对不起,我们不想流血。"

"那么现在就谈谈价钱,我想知道第一次开始时你是怎么给霍西森的?"

叔叔矢口否认。

"你这个老笨牛,霍西森是我的伙伴,他自己告诉我,是你让他拐走大卫的。"

"好吧,我只给了他20个金镑,"我的叔叔说,"不过,除了那笔钱,他只要把那个小伙子卖掉,就可以到手一笔更多的钱。"

"你干得出色极了,汤姆逊先生。"律师说着,几步迈上前去。叔叔立刻呆若木鸡。

律师将他拖进屋,他们在一个小房间里密谈了一个小时,亲手订了协议。根据这个协议,我将获得肖府每年收入的三分之二。

对我来说,我已经达到了我的目的,可艾伦还处在危险之中,我决心一定要帮他离开这个地方。

兰基勒律师给我写了两封信,一封给大不列颠林宁公司的银行家,让他给我立一笔账款，以便妥当地处理我的钱；另一封是去找一位检察官的推荐信，目的是要请他帮助解决我和艾伦在法律上面临的问题。

兰基勒先生和托兰斯告别了，我和艾伦也快要分手了。我们既没有心思走路，也没有心思说话，当我们来到那个名叫憩息感恩处的地方时，我们都明白分手的地方到了。在这儿，他再一次向我叮嘱我们已经约好的事：律师的地址，可以找到艾伦的每天的时间，还有去寻他的暗号。我把我所有的钱给了他，这样他暂时不会挨饿。

当我向城市走去的时候，我觉得我是多么的寂寞和孤独。我的脑子里总是出现艾伦在憩息感恩处的那一幕，一种冷冰冰的感觉咬着我的内心，好像是做错事情后的悔恨。

正当我四处游荡的时候，上帝的手刚好把我引到大不列颠林宁公司的银行门口。

（吕爱丽　缩写）

小船长历险记

〔法国〕儒勒·凡尔纳　原著

　　每年夏天，加利福尼亚的船主杰姆斯·韦尔登都要派船去南冰洋捕鲸，"朝圣者"号是那些吨位小然而建造质量最优的捕鲸船当中的一艘。这艘船由经验丰富又老实厚道的赫尔船长指挥。

　　1873年，"朝圣者"号驶抵新西兰的奥克兰港，由于缺少称职的捕鲸人员，赫尔船长决定提前返回美洲。船主的太太韦尔登夫人和她5岁的小儿子杰克，也搭船同行。

　　天气风和日暖，大海美丽壮观。"朝圣者"号在十分良好的条件下扬帆起航，向美洲方向驶去。

　　船上的水手都是美国人，海上的生活习惯使得他们团结一致。只有新上船的厨师内戈罗是葡萄牙人，这是一个古怪的人，很少在甲板上露面。

　　见习水手迪克·桑，刚刚15岁，水手的生涯铸成了他与生活进行搏斗的性格。韦尔登夫人很喜欢这个诚实敦厚的孩子，她毫无牵挂地放手让小杰克和他一起玩。

　　2月2日这一天上午，迪克·桑和杰克坐在一起，小杰克突然用手指着海面上的一个黑点儿，说："瞧，那儿是什么？"

迪克·桑仔细观察着那个黑点儿，马上放开嗓门儿嚷道："前边有个漂流物！"

人们都跑到甲板上来，目光投向这个漂流物上。赫尔船长命令船向漂流物驶去。

一刻钟后，人们看清了：那是一艘侧翻着的船，船壳上裸露着一个大窟窿。人们听到远处的船体内传来了狗叫声。

"朝圣者"号放下救生艇，赫尔船长带领水手划到了漂流的船壳旁。甲板上空无一人，只有狗在叫个不停。人们把狗救到艇上，然而那狗抓住迪克·桑的上衣，又起劲地叫起来，像是在向人们呼救。

人们努力搜寻着，终于发现尾楼里的甲板上躺着五个黑人，气息奄奄，命悬一线。赫尔船长命令水手把他们抬到"朝圣者"号上，然后转身喊到："内戈罗！"

听到这个名字，狗一下子直挺挺地站立起来，内戈罗在甲板上刚露面，狗就扑上去，向他发起猛攻。厨师举起棍子，把狗打了回去。

"你认识这条狗吗？"赫尔船长问厨师。

"我？我根本就没见过这条狗！"内戈罗答道。

"这就是怪事了！"迪克·桑自言自语地说。

遇难们得到了及时的照料，很快就好转了。

船在逆风行驶，日子也乏味得很。韦尔登夫人为了不让小杰克虚度光阴，经常教他读书写字。小杰克很喜欢妈妈教他把红色字母印在木块上的认字方法。

2月9日上午，杰克正在组字。突然，那只叫丁戈的狗猛地向一块印有大写字母"S"的方木扑去，抓起来放在甲板上，又抓起另一块印有字母

"V"的方块，放在"S"的旁边。

小杰克把刚才的情况告诉了人们。人们惊奇不已。赫尔船长重复说："S和V这正是丁戈颈圈上的两个字母！"

这时，内戈罗离开他的舱室，在甲板上露面了。当他瞧见丁戈停在这两个字母前的时候，向狗投射出一种奇异的目光。而狗也发现了厨师，冲他叫起来。内戈罗闻声又回到舱室去了。

"这里面有文章！"赫尔船长自言自语地说。

2月10日，赫尔船长听见船头水手的声音：

"前边发现一条鲸鱼！"

船员们个个摩拳擦掌，跃跃欲试。

"和这样巨大的鲸鱼搏斗，那可是一场恶战！"迪克·桑说道。

"肯定是艰苦的！一定不要靠近鲸鱼那可怕的尾巴！多结实的小船也架不住它狠狠地一击。"赫尔船长接着说，然后船长迅速做好捕鲸的各种部署。他挑选体质健壮的水手去捕鲸，剩下迪克·桑在五个黑人的帮助下留守"朝圣者"号。马上，赫尔船长便带领水手放下小艇，向鲸鱼划去。

鲸鱼一动不动，好像根本没有发现小艇似的。赫尔船长站在小艇的前头，手拿渔叉，正准备向鲸鱼抛出第一叉。小艇更贴近了鲸鱼，赫尔船长胳膊狠劲一抛，把渔叉抛了出去。水手们迅速将小艇向后划开，以防被鱼尾巴扫着。

这时，船员大叫一声："一条幼鲸！"大伙明白了，为什么鲸鱼浮在海面上一动不动，原来它在保护幼鲸。突然，鲸鱼甩动一下尾巴。

"小心！"赫尔船长高声喊道，"这畜生冲我们来了！"

果真如此，鲸鱼用它的巨鳍猛击海水，紧擦小艇而过。赫尔船长和水手狠狠地戳了它三下。但鲸鱼又经过小艇时，鲸鱼可怕的尾巴狠命一击，掀起一个滔天巨浪，使小艇一下子灌进了海水。

母鲸用身体掩护着幼鲸，又一次向小艇扑来。这个庞然大物的尾巴把小艇抛到空中，接着又用尾巴疯狂地拍击着海水。

一刻钟后，当迪克·桑和黑人一起划着小艇火速赶到现场，没有看见一个逃生的人。在漂浮着鲜红血迹的海面上，赫尔船长的小艇只剩下几块木片了。

苍茫的大海，空旷荒凉。自从鲸鱼销声匿迹之后，在视野所及的海面上，连个黑点儿也不见了。年轻的见习水手迪克·桑心里很清楚：他的船已偏离了一般商船行驶的航道。他该采取什么决策呢？

内戈罗在甲板上出现了，他在迪克·桑几步远的地方停了下来，傲慢地问："那么现在船由谁来指挥？"

"我！"迪克·桑毫不迟疑地回答。

"您？"内戈罗耸耸肩膀，"一个15岁的船长？"

"您可别忘了！"韦尔登夫人接过话来说，"这儿可只有一个船长……桑船长！"

迪克·桑把五个黑人叫了来，对他们说："我的朋友们，我们船上除了你们，再没有别的船员了。有了你们，我们就一定能驾驶它继续航行，伸出你们的手，为'朝圣者'号效力吧！"

"听从您的命令！"五个黑人答道。

新船员队的工作相当顺利，船在海面上顺风前进。

2月13日夜里，天空浓云密布，船上漆黑一团。黑人汤姆值班，他按照罗盘定了一下方位之后，就处于昏昏欲睡的状态中了。可就在这时，一个黑影溜上了甲板。不是别人，正是内戈罗。他把一块铁放到了罗盘底下，便抽身走了。受那块铁的影响，罗盘的指示针改变了位置：本来指北的，此时却指向了东北。

3月9日前后，天色阴沉，浓雾笼罩着海面，风刮得更猛了，大海变得更加残酷无情。以后的日子，暴风雨突然袭来了。迪克·桑发现风帆眼看就要被狂风撕毁，便下令降了下来。他心急如焚，向船头走去，但什么也看不见。

迪克·桑犯起了嘀咕，会不会跑错了方向？为什么总不见美洲海岸？他哪里知道，船早已偏离航道，改变了航向。

3月27日，风势开始减缓。迪克·桑常常登上桅杆，举着望远镜，总想发现大陆的某些迹象。4月6日，人们终于听见迪克·桑喊道："大陆！我们前边是大陆！"

人们跑到甲板上。船正奔向一个地势很低的海岸，要驶抵海岸，必须通过一系列难以逾越的暗礁。

丁戈眼睛直瞪着陆地，向前扑去，发出凄惨的叫声。难道狗认出了这块陆地？内戈罗也从舱室里走出来，丁戈没有发现他。韦尔登夫人发现厨师由于兴奋，脸上有点发红。内戈罗是不是很熟悉这个地方？

迪克·桑根据海水颜色的变化，在暗礁中发现了一条可通行的航道。他把船开进了狭窄的航道。忽然间，船被一股巨浪高高托起，落在一块岩石上搁浅了，所有的桅杆都被撞倒，幸好没伤着人。但这里离海岸已经不远了。

10分钟后，"朝圣者"号上的人，都上了岸。

迪克·桑猜想船靠在了南美洲的秘鲁海岸。可这儿却是一片荒凉，找不到港口和村庄，看不到一个土著人。

人们在一处岩洞里升起了一堆熊熊的篝火，开始用晚餐。内戈罗留心着迪克·桑和韦尔登夫人之间的谈话。他用完晚餐，然后慢条斯理地向海边走去，转眼之间就不见了。

迪克·桑重新钻进了破裂的"朝圣者"号船体内部，取出四支步枪和一百多发子弹，还有几把大刀，用这些东西武装了他的伙伴们。

夜幕降临了，内戈罗还没有回来。叫了好几遍厨师，也没听到回音。

第二天，4月7日，人们听见丁戈狂叫着向附近的小河跑去。只见一个人刚刚绕过岸边的岩石向这边走来。此人不超过40岁，不论从哪方面说，都不像印第安人。

迪克·桑用英文跟他说："我们是海上遇难的人，首先要问您我们现在是在什么地方？"

"你们是在南美海岸呀！"陌生人用英语回答道，"你们在玻利维亚海岸。我叫哈里斯，我准备去阿塔卡马，到我哥哥的农场去做买卖。"

"哈里斯先生，昨天夜里您没看见一个叫内戈罗的葡萄牙人吗？"

"内戈罗？"哈里斯以一种摸不着头脑的口气问道，"什么内戈罗？我一个人也没碰上。"

于是，人们和哈里斯一同赶路。迪克·桑和哈里斯两人都背着枪，走在队伍最前面，后面的人依次跟上。密林深处的羊肠小道上，只见野兽的足迹，不见人的脚印。太阳落山之前，小队走了八英里左右。

第二天，小队人马还保持着原来的队形，上路继续向东走。尔后的9天里，他们一直在无边无际的大森林里走着。假如哈里斯没有说错的话，离目的地也只有20英里了。

韦尔登夫人坚持不了多远了。小杰克病了，发着高烧。相比之下，迪克·桑、汤姆和他的伙伴们还是能经受住旅途的劳累的。哈里斯好像很习惯在大森林里长途跋涉，一点儿也不显得疲倦。但是迪克·桑注意到，他越接近目的地，越显得忧心忡忡。按理说应该轻松愉快才是。

令迪克·桑焦虑不安的是，这一天丁戈的叫声又变得怒不可遏起来。汤姆低声说："狗叫得有点稀奇，倒很像是它所憎恶的人已经来到离我们不远的地方了！"

随后，他唤狗，狗迟疑了一下，向他走来。

"唉！内戈罗！内戈罗！"

狗狂吠一声作答。接着纵身一跳，就像内戈罗藏在荆棘丛中似的。

哈里斯把这一幕全看在了眼里，但是他不露声色，装作没看见。

人们又继续走了整整一天，但步履相当艰难。将近下午4点钟，汤姆在草丛中捡到了一样东西——一种形状奇特的刀，递给迪克·桑。迪克·桑仔细端详了一会儿，然后对哈里斯说：

"毫无疑问，土著人离我们不远了。"

"是这样，"哈里斯说，"可是……"

"可是……"迪克·桑重复着，用目光逼视着哈里斯。

"我们大概……离南美大农场不远了，"哈里斯吞吞吐吐地说，"可是我认不出……"

"那您是不是迷路了？"

"没有……南美大农场现在最多不超过三英里，我想，最好先到前边看看去。"

"不，哈里斯先生，您不要离开我们。"迪克·桑以断然的口气说。

迪克·桑正想安排休息的时候，汤姆突然嚷了起来："迪克先生，看那儿……"

迪克·桑向汤姆指的地方看去，吃惊非小：在那个地方，有几只被剁掉的手，还有一条断了的锁链。

人们转移到另一个地方。天黑下来了，森林里万籁俱寂。

夜里11点左右，突然传来一声长长的怒吼声。汤姆跳起来，迪克·桑没能阻止住他的高声大叫："狮子！狮子！"

迪克·桑急忙朝哈里斯歇息的地方跑去。哈里斯已经不知去向。

迪克·桑恍然大悟。"朝圣者"号停泊的海岸绝对不是美洲海岸！他猜测到一个可怕的字眼，终于从他嘴里脱口而出：

"非洲！非洲！贩卖黑奴的非洲！"

哈里斯逃跑后，和内戈罗相会了，距迪克·桑一行人的营地三里远。

"我们的主人阿尔维兹情况怎样？"内戈罗问。

"噢，这个老骗子的身体棒极了！"哈里斯说，"他很高兴在卡宗得再次见到你。"

"如何把这批货搞到手呢？"内戈罗问。

"一个奴隶商队离这儿只有10英里，那儿有不少士兵，捕获迪克·桑他们不成问题。"

突然，他们听到沉闷的狗叫声。猎狗丁戈从一棵大树下窜出来，扑向内戈罗。内戈罗操起哈里斯的长枪对狗开了火。丁戈一声长吠，消失在灌木丛中，鲜血染红了一片纸莎草的枝叶。幸运的是，丁戈伤势并不重。

事实上，处境是极其险恶的。天亮后，迪克·桑对同伴们说："哈里斯已逃跑了。这家伙是个骗子，他与内戈罗合谋，把我们拐到这儿来了。我们应该返回海滨，照原路回去。"

天气闷热，密云遮住了视野。人们忽然发现狗丁戈不在。不过，时间紧迫，他们只好打点好物品，整装出发。

他们来到一条小河旁。迪克·桑决定沿着小河往前走。临近傍晚，走进了一片竹林，旅行者们总算平安地度过了一个夜晚。

第二天，他们又穿过一片沼泽地带。在黄昏时分，天气已经变得更加闷热，看样子，一场暴风雨是不可避免了。

远处呈现出一片低矮连绵的丘陵，如果走到那儿，就不用担心受洪水的袭击了。

一个耀眼的闪电照亮了整个平川旷野，暴风雨骤然降临。

"看！那四分之一英里远的地方是什么?!"迪克·桑突然叫了起来。

"迪克先生……可能是兵营，土著人的兵营。"

他们看到远处有一些圆锥形的帐篷，可是连一个士兵的影子也没看见。

"你们先待在这儿，"迪克·桑说，"我去侦察一下。"

几分钟后，迪克·桑回来了，他兴奋地高声喊道："来！来！不是兵营！是些空蚂蚁窝！"

一转眼，他们就来到一个圆锥体跟前，黑人赫尔克里用刀子把洞口加宽了许多，迪克·桑和同伴们一个个钻了进去。

蚂蚁窝的环壁很厚，水一点也透不进来。一盏提灯点燃之后，里面也就亮堂了。蚂蚁确实把家抛弃了，但对迪克·桑一行人来说，却是一件很值得庆幸的事。

人们在蚂蚁窝里渐渐地睡着了。隆隆的雷声意味着暴风雨尚未平息。迪克·桑说不清半睡半不睡地迷糊了多久。当他感到有些凉意时，就醒了，却发现水已进到蚂蚁窝里面了。

汤姆和赫尔克里被叫醒后，才得知新的灾难又降临了。

他们急忙拥向洞口，却发现洞口已被泥草堵塞了。这时，洞内的氧气越来越稀薄，从越来越暗的灯光上可以看得出来。呼吸变得困难了。

迪克·桑决定用枪的通条在内壁上打口子。他选择了邻近锥顶的内壁。通条钻进黏土里，越来越深。随着一声低啸，被压缩的空气冲了出去。窟窿扩大了，新鲜空气流进来了，阳光也透了进来。

迪克·桑首先登上圆锥的顶峰……他不禁大叫了一声。在距蚂蚁窝一百米远的地方，他发现了一个兵营，还有一些满载着土著人的小船停泊在河边。迪克·桑抓起枪，赫尔克里几个黑人也先后登上了圆锥体，一齐朝其中的一条船开火射击。

好几个土著人应声倒下，但蚂蚁窝也遭到了猛烈的攻击。过了一会儿，人们都被粗暴地拖出了蚂蚁窝，推上了一条独木船。

就在独木船靠岸时，赫尔克里纵身一跳，跳到岸上，打翻两个向他扑去的土著人，转眼就消失在邻近的一片森林里。

迪克·桑及其同伴受的是奴隶的待遇。无论是行进还是休息，囚犯们都被看管得很严。因此，迪克·桑很快就晓得，逃跑的事连想也不要想了。

天气阴沉沉的，奴隶商队向东奔去。奴隶们乱哄哄地向前挪动着，看守们挥舞着鞭子，催促他们加快脚步。迪克·桑差不多走在队列的最后面，他看不到汤姆及其同伴。

人们向那个叫卡宗得的地方行进着，有不少人因为精疲力竭被看守们打死或者由于饥饿死在路上。

5月26日，奴隶商队来到卡宗得城。大市场开市了，一个年老的黑人向他们走来，这就是阿尔维兹。他用蹩脚的英语同新来的奴隶谈了几句。

迪克·桑呆在广场上，由一名武装看守看押着。这时，一只手搭在他的肩膀上，他听到一个人用他熟悉的亲切的声调说话："呀！假如我没搞错的话，您就是我年轻的朋友吧！"

迪克·桑转身一看，哈里斯站在他的面前。迪克·桑怒火中烧，猛地向他扑去，一把抢过他腰间的短刀，对准他的心脏捅了进去。哈里斯大叫一声倒在地上死了。

阿尔维兹要处死迪克·桑，但内戈罗低声劝他暂缓对年轻船长的处置。于是，迪克·桑被套上锁链，扔进了无窗的小黑屋里。内戈罗把迪克·桑的命运控制在自己手中。

5月29日，整个卡宗得城呈现出异乎寻常的景象。国王的葬礼即将举行。依据当地的惯例，国王驾崩，需要大批奴隶陪葬。阴险的内戈罗把迪克·桑也算在祭奠国王的殉葬者里面。中午时分，内戈罗走进关迪克·桑的小屋，迪克·桑目不转睛地瞪着他，决计不答理他。

"我认为我有责任，"内戈罗说，"最后一次来向我们年轻的船长表示问候。"

他见迪克·桑不答应，又说："怎么，船长，您认不出您以前的厨师了吗？"说着，粗暴地踹了一下躺在地上的迪克·桑。

"谁都会有倒霉的时候！"内戈罗提高嗓门说，"今天我成了船长，你的小命儿捏在我的手心里！"

内戈罗看着迪克·桑咄咄逼人的目光，脸都气白了。他叮嘱看守严格看管囚犯，然后走出小屋。

整整一天，人们都在张罗着国王的葬礼。一条很宽的小河在卡宗得大街的尽头流着，河水被拦住，河床上挖了一个大墓穴。墓穴前，竖立着一根柱子，上面缚着一个白人，他就是迪克·桑。墓穴里，除了国王的遗体，还有一百位陪葬的奴隶。

根据王后的命令，拦阻河水的堤坝扒开了。不多时，河水就已没过了迪克·桑的膝盖，他在做最后的努力，企图挣脱锁链。河水在继续上涨，终于，奴隶们的头都消失在河水之中。

由于葬礼是在夜间举行的，谁也没有注意到一个黑影泅入水中，潜水过去把捆绑迪克·桑的那根柱子拔了出来，背起迪克·桑向岸边游去。

当迪克·桑苏醒过来时，发现自己躺在一条独木船里，赫尔克里在他身边，猎狗丁戈卧在一旁。原来，赫尔克里脱险后，一直跟踪着迪克·桑一行，丁戈被枪击伤后，是赫尔克里收留了它。

"韦尔登夫人的情况很紧急，"赫尔克里说，"内戈罗逼迫她向她的丈夫写信，用巨款赎买人身自由。我打算假扮法师到城里救韦尔登夫人和孩子。"

6月19日前后，天空乌云密布，连绵不断的倾盆大雨淹没了卡宗得的全部土地。王后及其大臣们只得求救于能呼风唤雨的法师们。

6月25日上午，新法师来到卡宗得。他准是个哑巴，因为他根本不回答别人向他提出的问题。起初，他一边跳着稀奇古怪的舞蹈，一边绕着广场兜圈子。然后突然向王宫走去，完全出乎人们的意料，他竟抓住站在门口等候的王后的手，拉着她大步疾走。

法师向阿尔维兹的代理行走去，把王后带到里面，然后用手指了指一间茅屋，人们看到韦尔登夫人和小杰克。怒气冲冲的法师指着他们两个，他仿佛说："这个白种女人和她的孩子是这一切不幸的根源！"

众人明白了他的意思。这时，法师向韦尔登夫人走去，抓住小杰克，把他从母亲怀里拉了出来，举到空中。韦尔登夫人惨叫一声，跌倒在地。可是法师已把她拉起并把孩子扛在肩上，向森林走去。

阿尔维兹本想阻击，但是王后的卫士们拉住了他，他无可奈何。

原来，法师就是赫尔克里。

赫尔克里救出母子两人，上了一条独木船，船顺流飞驶而去。于是，韦尔登夫人和迪克·桑重逢了，他们惊喜不已。迪克·桑用草把独木舟伪装起来，以防土著人发现，然后就出发了，独木船顺水快速漂流。

每天下午，他们停靠在岸边，猎取一些野味。7月18日，当小船驶向河岸时，狗丁戈显得焦灼不安。距河岸还有20尺远，丁戈就跳到水里，消失在高大的草丛中。

船赶紧靠了岸。迪克·桑把子弹推上膛，赫尔克里手拿斧头，看见狗在一间破旧的茅屋前悲哀地叫了起来。迪克·桑和伙伴们走进茅屋，只见满地是尸骨。

赫尔克里指着一棵榕树干，他们发现树上有两个红色的大字母。"S和V这正是丁戈颈圈上的两个开头字母！"迪克·桑叫了起来。接着，他又在地上捡到一个小铜盒子。里面有一小块纸，迪克·桑看到了上面的字句。原来，探险家萨·凡尔农带着狗丁戈到此探险，向导内戈罗对他的钱财垂涎三尺，故此杀害了探险家。不幸的凡尔农临死前抓紧时间写了这张字条，并用血淋淋的手指在榕树干上写下了他名字的开头两个字母。

就在这时，丁戈发疯似的长吠一声，蹿出茅屋。随即屋外发出了可怕的喊叫声。只见丁戈向一个人扑去，用锋利的牙齿咬住这个人的喉咙。

原来是内戈罗。这个歹徒为了乘船去美洲，又来到他谋害探险家的地方。当人们发现有好几把金币在一个新挖的洞穴里闪闪发光时，才弄明白他为什么要旧地重游。

这个卑鄙的家伙受到丁戈的袭击后，拔出短刀，向狗刺去。就在这时，赫尔克里向他扑去："坏蛋！我非卡死你不可！"

不必再费别的事了，内戈罗已经死了。然而忠实的丁戈也受了致命的一击，它挣扎着爬到茅屋里，死在萨·凡尔农的尸体旁边。赫尔克里掩埋了旅行家的遗体，丁戈也葬在那里。

人们登上独木船，继续漂流。两天后，他们遇到一个去刚果河口的船队。在他们的保护下，迪克·桑一行安全抵达美洲大陆。

后来，迪克·桑成了杰姆斯·韦尔登家的儿子，赫尔克里成了他家的朋友。汤姆和他的伙伴们的消息也被探听到了。

人们相聚在一起，那一刻，杰姆斯·韦尔登家里就像过节一样热闹。在所有的祝酒辞中，要数韦尔登夫人"致迪克·桑——15岁的船长"最受欢迎。

（邱纯义　缩写）

冲出幽灵岛

〔澳大利亚〕罗兰·瓦克尔　原著

　　汤姆和桑迪是澳大利亚军人的后代。两个少年渴望过冒险和传奇的生活。多年来，他们总是形影不离，一起露营或去偏远牧场体验艰苦的生活。此外，他们还有一个共同心愿，就是争取得到罗兹奖学金。

　　但是无情的打击降临了。汤姆和桑迪以微弱的劣势，痛失梦寐以求的罗兹奖学金。那天下午，他们两人坐在墨尔本港口的码头上，满面愁云，无畏的心灵忍受着失败和痛苦的煎熬。

　　但是年轻人的忧愁来得快去得也快。过了一会儿，汤姆已不再是一幅苦脸，甚至又开始逗趣了，"得了，得了，桑迪。"他说，"干吗老想这事儿？说到冒险嘛……嘿，往那儿瞧！"汤姆指着海湾上空的一片烟云。

　　"太棒了……那是飞马号！"桑迪激动地跳着脚喊道。两个孩子站起来热烈欢呼，周围的人也和他们一样激动，因为这是令人们自豪的大事。"飞马号"是新近制造的一艘飞艇，设计师是空军上尉恰伦杰，这是"飞马号"首次环飞澳大利亚，尽管这种早期的飞机在当时刚发明了不久，设备还不先进，但这个计划还是付诸实施了。

实际上恰伦杰心里还有一个惊人的打算。那就是"飞马号"在达到预定要求的情况下，飞越印度洋，按照计划中的路线，及早赶上他的故国——英帝国的博览会。

对于这个伟大的冒险计划，命运之神向汤姆和桑迪敞开了大门，此刻他们两个孩子已经站在震惊世界的探险的起点上。

"飞马号"盘旋降落，平稳地停在海湾的水面上，然后轻轻推开波浪，滑到码头停住。一个码头工人按照信号挥动一卷绳索，朝机械师乔洛克斯抛去。可绳子不够长，以至于乔洛克斯伸手时身体失去平衡，掉进水里。

人们手忙脚乱起来，只见汤姆冲上前，腾身跃入水中，朝落水者游去。他奋力抓住穿着笨重飞行服的乔洛克斯，把他推出水面。一艘小艇驶过来，把两人平安地送上岸。

"你真是个棒小伙子！"恰伦杰从另一条船上跳上岸，朝汤姆跑来，他高喊着："谢谢你救了我的机械师。他可是无价宝呵！欠你这么大的情，我怎么还呢？"

"说哪儿的话，要是你非要给我回报的话，您马上就能做到。"汤姆说着，心想这可是盼望已久的机会呀。他下了决心似的又说，"如果你同意，就让我们做飞马号的乘员吧。只要收下我们，我们敢和您一道周游世界。"

恰伦杰望着面前两个孩子，犹豫再三。他的确很喜欢他们。这两个孩子有钢铁般的筋骨，金子般的心。"可以把你们带上……"他思索良久，终于作出决定，"不过我要你们的监护人作出书面承诺。如果没什么意外的话，我们两天内准备好出发。"

两天后，汤姆和桑迪一副飞行员的打扮，当真和恰伦杰、乔洛克斯一起登上了"飞马号"。然后，飞艇像一只白色的巨鸟腾空而去。

于是，一场惊心动魄的历险就这样开始了。

以后的15天，"飞马号"沿着澳洲雄伟的次大陆沿海城市飞行，向人们展示它的雄姿。就这样，"飞马号"在大陆的最北隅，检查装修一番后，便向印度洋的孤独岛屿飞去了。

天才的飞行家凭着准确无误的技术在一片云波浩渺的天地间找到了那座有人烟的孤岛。他们着陆令当地土著大吃一惊，他们从没见过像"飞马号"这样的东西，而几位移居在此的欧洲人则欣喜万分。

人们聚集在白色的沙滩上，从人群中走出一位神情古怪的老巫医。他一面蹒跚地向森林走去，一面嘟囔着："罗尼克的符咒解除了，大白鸟来了，沉睡的巽他神的秘密再也保不住了。"

恰伦杰细细品味他的话，但捉摸不透其中的意思。第二天拂晓，探险英雄们乘上飞艇又踏上了征程。

在任何情况下，"飞马号"都可以平安地降落在海面上数小时之久，就怕遇上迅猛的季风或飓风，恰伦杰机长最担心的是后者。可是那天偏偏就突如其来地发生了这种事。

气压表指针急剧下降，这是大难临头的凶兆。"飞马号"被包围在一片黑压压的云气中，顷刻间天海混沌一片。机长忙加大马力，拼命把这种当时被叫作飞艇的飞机开出危险的风暴区。

现在"飞马号"成了肆虐风暴的靶子。飓风像在摆弄一根羽毛似的把飞机抛来抛去。汤姆用在学校掌握了的发报要领，发着信号，但是机长发现无线电马达线圈已经毁坏了，汤姆绝望地做个手势，机长冷峻地笑笑，顽强地与风暴搏斗。

恶劣的天气使得他们偏离航线越来越远。机身几乎快要散架了，"飞马号"在空中成了一匹脱缰的野马。好在凡事都有结束的时候。

飓风消逝后，俯视碧海一览无余，汤姆看看下风处，在狂风刚刚横扫过去的地方他发现了什么。机长顺着他的手指望去，一个小岛若隐若现。于是他操纵着满身疮痍的飞机，摇摇摆摆地滑翔下去。

"飞马号"撞到了礁石上，它在上面只停了半秒钟就散落在礁湖中，那里距海岸大约有二百英尺。他们立即开始与浪涛搏斗，终于上了岸，拖着沉重的脚步往岛上走了几英尺，刚走到绿色棕榈树下就瘫倒在地，接着便昏昏入睡。

酣睡几小时后，他们几个才勉强消除了疲劳。恰伦杰机长望着不远海面上漂浮的"飞马号"的残骸，沮丧的情绪显而易见。汤姆和桑迪向飞机残体游去，把残留的食物、汽油、枪支等运到陆地上。他们蹲在棕榈树下，把抢救出的东西堆放在身边。

"现在吃早饭吧！"机长说，"饭后我们去探查那片可怕的丛林。我想你们很快就会发现这里不是乐园。"他一边说，一边制止了试图燃起火堆的乔洛克斯，因为烟容易使人暴露。

冒险家们吃完简单的早饭，但由于没有淡水而口渴得很。汤姆和桑迪走进不远处的丛林，不一会抱回来几个椰子，他们激动地喝起椰汁，吃起椰子的果肉来。

"活见鬼……这么说我们成了鲁滨孙了。"探路的时候，汤姆失望地说。的确，孩子称这个岛为鲁滨孙岛，但不久他们就发现这个小岛有自己可怕的名字。

"听我说，汤姆，无论做什么都不要让机长以为我们灰心丧气，我们应该有决心，遇到任何艰难险阻都不退缩。"桑迪说。这两个少年边聊着，边好奇地看着周围的景象。

经过初步探查，他们发现营地不远处有一个礁湖，它越来越窄，最后与这个小岛连为一体，岛的边缘是一片水草丛生的沼泽地，向纵深处渐渐成为浓密的丛林。除了临海的一长条地带，他们三面被丛林包围着。

接下来的两天他们都在拼命干活，利用仅有的几件工具制成一个简陋的木筏。不过夜里他们都谨慎地守夜。直到第四天才开始怀疑岛上是否住着人。

那一天夜半时分，轮到汤姆站岗，他听到身后的树丛中发出轻微的飒飒声，只见黑影一闪，他厉声质问："喂……谁在那儿？"没有回答，他端起来福枪扣动扳机，枪声使伙伴们都吃惊地跳起来。

汤姆把刚才见到黑影的事报告给机长，机长坚持和汤姆一起站岗，机械师和桑迪接着睡觉。此时，机长很不安，他们鬼使神差地流落到这个神秘岛上，他迫切需要揭开它的秘密。

第二天清晨吃完配给不足的早餐，四个落难者又出发了。他们划着筏子渡过礁湖，向岛上唯一的山峰攀登。山路崎岖陡峭，越往高处树林越密。接近山顶时，看到一处开阔地，凉风习习，十分宜人。

机械师提议他们在山上露营，但机长的话更令人信服："以后我们可以这么做，但现在我们必须回到海边，我们的供给和别的东西都在那儿。我还想明天设法把飞马号拖上岸。我们首先要确定我们的方位，摸摸这里的底细。"

太阳已经接近地平线，落难者忙往回走。突然，汤姆绊在树棵里的什么东西上了，他失声惊叫起来："天哪……我绊在一个骷髅上了。看，这是哪个遇难者的白骨……"

"鲁滨孙"们满面惊恐地围在尸骨旁边，眼前的惨景使这几个遇难者久久不能平静。机长翻看一下尸骨，他命令赶快离开这儿，他担心这个死者的命运会在他们的心里引起不良的连锁反应。从这以后，他们就称这山为"骷髅山"。

四个人急忙往前赶路，徘徊寻路时，发现一条清澈的溪流，他们高兴得又跳又叫，润着干渴的喉咙，可肚子却饥肠辘辘了。突然，走在前面的汤姆又惊叫一声，指着头顶，一张半人半鬼的脸正从枝叶间探头探脑地窥伺。

机长稳住受惊者的情绪，解释说这是卷尾猴。同时举起枪对准了它。清脆的枪声惊醒了山林，卷尾猴慌忙逃窜，四面八方响起一片鬼哭狼嗥，吓得这几个遇难者心惊肉跳。

他们的步子加快了，想力争在太阳落山前离开这鬼地方。然而，这块莫测之地仍然威胁着他们。突然，从林子里传来一阵疯狂的笑声，带有一种难以言状的阴森惨瘆人的味道。这声音令人毛骨悚然，落难者们被吓得魂飞魄散。

好不容易回到营地，几个人精疲力竭地仰躺在沙滩上，满脑子都是刚才惊险怪诞的经历。喘息稍定，机长招呼同伴们围在一起，用手指着地图上印度洋中间一个孤零零的小岛，旁边标着它的名字："幽灵岛"。

第二天，在机长的指挥下，他们花了整个上午的时间，费了九牛二虎之力把飞机残骸拖上岸。"关键是把一台马达运上岸就行……"机长说，"然后设法让它转起来，建个小电台，对外发报，那么我们还有一次机会离开这座该死的鬼魂岛。"

还真行，机长以他超人的才智和技艺，居然建成一座二流小电台。但这是乐观的称谓，其实就是一座功率微弱的无线电。他们等待着重大事情的发生，连机长都很乐观。

"这无线电可真是个了不起的东西……"他们围坐着说，"我们可以收听到很多消息，我们只要能接通其中一个频道，发出求援信号，说明我们的经纬度，肯定会有船来营救我们。"但是机长提醒不能浪费电，无线电只能短时间使用。

接下来当然是收听无线电，但是除了遥远地方的一个微弱信号外什么也没有，那是500英里外的一艘船上发生的难以捕捉的信号，对于他们那台只能达到30英里远的发报机来说，真是太远了。

早上做好准备，出门狩猎。机长拿起耳机听，突然举手示意保持安静，并命令汤姆用速记电码记下那些点点横横的符号。机长默默读着这些字母，尔后又连成单词读了起来。

原来他们收到了澳大利亚新闻社发给印度洋地区和欧洲报刊用的电讯稿，令他们惊喜的是澳大利亚最近10天以来，已派出军舰——"黑豹号"寻找"飞马号"及乘员，大家心中又燃起希望的火花，一时他们忘了食物的困难。是啊，外面的世界仍然记得他们的探险飞行，一只军舰仍在寻找他们呢。

机长一遍又一遍地发信号，直到他觉得电池快没电了。有时他招呼汤姆记录符号，可是那全是些无关紧要的零星消息。大家已不像刚才那样激动兴奋。汤姆明白现在问题很严重，有好一会儿他只想哭，但是一旁的桑迪可不一样，乐观的天性使他再次鼓起勇气，落难者被他的妙语逗笑了，他们决心像大作家巴里说的"乐观地迎接未知，奋斗到最后关头"。

几天过去了。晨曦使人心旷神怡，鸟儿迎着黎明欢唱，奇花异草争奇斗艳，浓郁的芬芳沁人心脾……这一切，起码对于两个年轻人来说，都带给人以热情和活力。但是，那台无线电……唉，想起它就犯愁。显然，没有人接收到他们的信号。

晚上，暮色越来越重，大地海洋都披上轻柔的黑沙时，那个奇怪的嚎叫声又从林子深处传来。汤姆和桑迪想起白天机长讲起的沉睡的巽他神的神秘，他们默默不语，心情很沮丧。

这一天机长和机械师出去寻找食物，两个小伙伴值班看家、做饭。他们俩有许多心里话要聊聊，这正是个好机会。他们直率地谈着这些天时时压抑他们的疑惑。

正在这时，林中突然传出惊恐的尖叫，接着响起急促的枪声。汤姆刚才的郁闷一扫而光，他抓起脚边的来福枪，直奔礁湖最窄的海岸跑去，桑迪紧紧跟在后面。

孩子们忘记了危险，直钻进密密丛林。他们齐声呼唤，然后静候回答，林中传来的只有自己的回声。他们又鸣枪示意，仍然没有回答，但在密密匝匝的树枝间引起一片喧闹声，那是尖厉的凄号，闷声的咆哮。

好大一会儿，他们站在原地不知如何行动，但汤姆忽然记起机长"等我们回来才能离开"的命令。刚才是把枪声当做求救信号了。于是他们只好想法回去。海陆茫茫一片漆黑时，他们才走到森林边缘，然后到达礁湖向营地望去，一声可怕的爆炸声震撼了小岛。

原来是汽油爆炸了，燃烧着的火堆吐着长长的火舌。两个少年不顾疲劳地朝火堆跑去，很快他们看到真相了。他们没有看到机长和机械师的身影，相反，从附近丛林边缘，一阵嘲讽的讥笑声冲上夜空。

他们钻到浓烟滚滚的废墟里抢救一些物品，从沙地里挖出弹药箱和信号枪，勇敢地向密林深处冲去。汤姆瞥见一张魔鬼似的面孔和一个佝偻的老人的身影，忙开枪射击，野人们凭借黑暗四散逃跑了。

桑迪放了几颗信号弹，敌人在不远的地方逃窜，他们狰狞的面目在亮光下清晰可见。胆略超群的两个少年为同伴复仇的决心坚如磐石，他们义无反顾地紧追不舍。

那么机长和机械师他们在哪儿呢？原来他们离开营地去寻找猎物，可怕的森林之魔，那个老巫医明达纳——沉睡的巽他的最高祭司却设下圈套把他们捉住，捆押到索仁摩尔斯洞里了，派了两个喽罗严加看管。

机长经过与恶魔的一番较量后筋疲力尽，流血不止，押进洞时已不省人事。醒来后机械师和他的小声交谈，却换来看守的咒骂与威胁。机长万没想到会陷入这种境地，可此时让他牵挂的是那两个不幸的孩子。

突然，机长的敏锐听力捕捉到外面传来了来福枪和手枪声，他断定是孩子们来了。事实果然如此，汤姆及其伙伴确信机长和机械师已遭到这伙突然登陆的野人的杀害，他们决定猛追穷寇，直捣他们的老巢去寻找朋友的遗体。

信号弹放出红色烟雾冲入云霄，一片耀眼的红光中，大地、海洋、天空清晰可见。迷信的明达纳的武士们吓得失去理智，他们从未见过这样的魔法。当明达纳命令弟子特查可用蛇术抵挡而失败时，这群笃信鬼神的野人彻底绝望了，他们在两个少年的追赶下惊慌失措地往秘密洞穴跑去。

看守机长和机械师的两个野人爬到洞口，听着森林里回荡的枪声，看到在红色信号弹耀眼的红光映照下，丛林笼罩在一片红海当中，吓得瑟瑟发抖。

洞外越来越混乱，野人嚎叫着往洞里钻。汤姆和桑迪已追到洞前，两个看守正要杀死两个囚犯时，被赶来的孩子打倒了。桑迪跑上前去用弯刀斩断两个囚犯身上的绳索，汤姆手持弯刀屹立洞口，防备敌人的进攻。想到终能得救，机长和机械师两人都激动得不能自已。

"这简直是奇迹！真无法想象你们怎么能穿过丛林一直打到这里。"机长兴奋地说，"这是勇气！拿着这个吧，你们的作为使你们比我更有资格得到它。"机长从外衣上扯下红色绶带递给孩子们。

检查一下武器装备，他们没有与洞外喧嚣的野人交战，而是向洞的腹地深入下去。撞开一扇沉重的滑动门，又插上粗重的门闩，继续往前走。

枪支的弹药已经用尽，看来手中的弯刀要大显身手了。

远处传来了嗡嗡的响声，好像充斥了整个山洞。举着火炬的桑迪冷不丁看见前面出现两个火球。机长定睛细瞧，发现这是一座巨大石像的双眼发出的光芒。突然，从神像深邃的口中爬出三条毒蛇向遇难者扑过来，机长举起弯刀左右开弓一阵砍杀，三条大蛇顿时毙命。

通过火炬的光亮，遇难者的注意力被一些堆放物吸引住了，他们的血液几乎都凝固了，那是一堆人的头骨。两个孩子因为极度害怕而感到虚脱，他俩真想立即逃离这恐怖的魔窟。

"我们必须面对最严酷的现实！孩子们！"机长说，"必须了解这种邪恶势力的真相。我们经历了种种丛林的恐怖，终于奇迹般地深入到世上已知的最凶残的宗教老巢，我坚信我们已经找到幽灵岛的秘密。"

就在这时，头顶上的一根绳索轧轧地发出响动，立即响起洪亮的钟声。整个山洞为之震撼。大家站在钟下面，搜寻着系钟的绳索或野人的踪影。此时，有一双凶残的眼睛从拱穹顶的小孔中向下窥探着，他慢慢放松系着大钟的秘密绳索。

又是机长第一个警惕地看到了危险。他大吼一声，命令几个人闪开，只听见"轰"地一声巨响，沉重的大钟不偏不倚地砸在石头地上，裂成数块。这钟声就像警钟，惊醒了探险家们，他们都意识到已身陷新的危险之中。

明达纳及其狂热的追随者们又在制造新的恐怖，正准备进行反击。几个探子把监视几个落难人的情况通过秘密通道送给主子。受伤的明达纳怒不可遏地咒骂着，命令特查可用大水把落难人淹死在洞里。

隐身的特查可鬼魂似的潜入洞中，连机警的机长也毫无觉察。特查可小心翼翼地挪开一个斑岩楔子，听到一阵渐渐升高的嗡嗡声，情不自禁的快意使他冒着生命危险发出嘲笑声。那个可怕的声音曾经多次吓得落难者心惊胆寒。

特查可发出非人的妖怪似的尖厉叫声，另一种震撼人心的咆哮便接着响起。落难者惊恐地发现，巨大的岩石移动了位置，滔滔水流翻腾着，咆哮着，像泛滥的洪水就要淹没这块地方。有好一阵子，喷水像幕帐把整个洞里铺盖起来，使他们面前模糊一片，流泻的小瀑布把所有的人浇得冰冷透湿。

是机长首先发现了真相，他从直觉上觉得事情来得蹊跷。他锐利的目光一下子看到那个鬼魂似的黑影一闪便消失了。他大喊一声朝特查可扑过去，可脚下又湿又滑，磕绊了一下，矮子脱身跑了，还打灭了桑迪手中的火把。黑暗中，特查可咒骂着，消失得无影无踪。

落难者在洞壁上到处搜索着缝隙，但是最终沮丧地退回来，一无所获。他们跌跌撞撞地在水中趔趄前进。由于迫在眉睫的危险使他们忘记了疲劳、伤痛和饥饿，蹚着深水，好不容易才到地势稍高的神像附近的岩洞。

"天哪，看，那双眼睛又在发光！"汤姆大叫起来。神像的大眼睛在转动，射出阴惨惨的光，冷眼旁观这几个猎物临死前的挣扎。

机长顿时来了活力，他忙不迭地转着圈搜索着神像的底座。另外几个人也明白了机长的意思。他们急切地寻找着，谁也顾不上想自己的心事，顾不上心脏在疯狂地跳动。突然，机长激动地颤声叫道："找到了……！一块秘密的板子！我们终于找到了！"

机长的喊声引起了一阵软弱无力的欢呼声。伙伴们步履蹒跚地朝机长奔过去，此刻水翻卷着已至腰部。满怀新的希望，四个人一起推，在摇曳不定的火炬光亮下，他们竭尽全力地拱着，机长还喊着加油鼓劲。苍天不负有心人，板子松动了，神像底座豁然张开一个大口。果不出他们所料，高大的塑像是空心的。

巨大的像身内又传出特查可的叫骂。机长只觉得热血涌上头顶，他率先跳进像身。特查可疯狂地扑上来，接着是一场短兵相接的激战，但急于逃跑的矮怪不是机长的对手。机长躲过特查可的弯刀，然后用力一击，把明达纳的这个凶恶的门徒从裂板掀出去，他惨叫着落入黑洞洞的旋涡中。

眼下暂时平安无事，附近没有发现敌人。疲倦的探险家在像身内休息片刻后，才注意到他们刚才爬进来的地方是唯一的入口，那是一道又陡又窄的阶梯，它通向山上某处的出口。机长仔细地查看一番竖坑道，毅然命令伙伴们抓紧时间出发。

攀登过程中，几个人对坑道中半明半暗的光线都感到莫名其妙。经过认真观察，才发现在每个转弯处巧妙地放置一块镜子反射光线，类似潜望镜。机械师猛然想到野人有可能切断光源，便提议抓紧时间行进。

"没准儿，我正担心这一点。"机长说，"我们要快一点以防出这种事，说不定他们在山顶上正等着堵我们呢。"两个孩子累极了，他们口干舌燥，吮着湿衣服润润嘴唇，想起可怕而不同寻常的经历，不禁苦笑起来。

在距山顶约50英尺远有一个小小的火炬洞窟，几个干瘪的老头不安地围着圣火坐着，他们是幽灵岛上年岁最大的人，明达纳的弟子。此时，明达纳双目紧闭处在垂死的昏迷中，几个人一言不发沮丧地坐着。就是他们派特查可去操纵神像的魔法的。他们正焦虑地等着特查可的回音。

半小时过去了，他们头顶上方高高的山顶上，已迎来了黎明，披上了一片殷红的朝霞。这些妖孽们似乎对于用来应付最危险形势的这张王牌很有把握，安坐着等待特查可的归来。突然有了声音，他们兴奋起来，可是来的不是特查可，而是机长和他勇敢无畏的战友们。

巫师们被这风云突变的形势惊得不知所措。恐惧使他们忘了一切，他们撇下明达纳各自逃命，想从上面扔石头把这些白人埋在坑里，但是已经来不及了。机长高叫着把最后一个祭司砍倒在地。

山顶上的野人陷入绝望的狂乱之中。他们飞奔跑下死人谷钻进暗无天日的丛林。机长怒火中烧，力气倍增，要不是机械师叫住他，防止中了埋伏，他正想冲上去，挥刀再斩几个恶魔。

勇士们跌坐在山顶的石头上，贪婪地呼吸着从海面吹来的清爽空气。他们虔诚而肃穆地感谢着上帝，几分钟前他们还不敢想象竟会奇迹般地活下来。

又是不屈不挠的机长发现了一件令人惊喜的事。他在岩石上久久伫立，眺望着大海，在黎明的地平线上寻找着，突然他大喊起来，招呼同伴们往海面上看去。

机长用手指着远方的海让他们看，那边地平线上一缕轻烟冉冉升起，表明那里有船在大洋上前进。随着太阳逐渐升高，那个黑点越来越清晰了。

"那一定是'黑豹号'！伙伴们！"机长激动而兴奋地说，"就是那条被派来寻找我们的船，不会有别的船离开贸易航道那么远。"

但是怎么联系呢？利用喊话是徒劳的，他们焦急地考虑了许久。桑迪灵机一动，他建议用洞里的镜子反射日光，发求救信号。汤姆便飞速地从洞中取出几块镜子来。

机长翻来覆去地试了几次后，终于成功地把日光准确地反射到船上。大家目不转睛地盯着那艘船，现在它正直奔海岛驶来。然而正当几个落难人欢欣鼓舞时，埋伏在山坡下不远的岩石后面的敌人又发起了进攻。

现在援救的人正在迅速赶来，但是他们的处境也愈发危险。山坡上响起一片惊叫，显然敌人也看到了船。机长担心他们要拼死一战，连忙发出最后的信号。这时一只飞镖掷在镜子上，把它击碎了。

　　"黑豹号"高速疾驶，离岛三英里时，前炮开火了，坡下顿时成了一片火海。军舰近得无法开炮，舰长便指挥小艇驶进礁湖。登陆人员急速前进，不一会就隐没在丛林中。只听树林中响起尖利的枪响，肯定是水兵们把敌人收拾了。

　　军舰把四个勇气和精神都已耗尽的落难者救到舰上。舰长听到机长的叙述，马上命令舰上的无线电发报机向墨尔本报告了他们坚韧不拔、勇敢无畏、忠于职守的感人事迹。

　　他们到达墨尔本时受到了盛大的欢迎。当人们得知两个孩子仅以微弱的劣势失去了向往已久的罗兹奖学金时，罗兹奖学金董事会过问了此事。董事会不久就决定，将奖学金颁发给汤姆和桑迪。

　　这是经过幽灵岛奇遇的两个少年英雄应得的奖赏。

（邱纯义　缩写）

文 件

〔苏联〕班台莱耶夫　原著

那是国内战争时期的事情。当时我还不大，在布琼尼骑兵集团军当兵，我们的部队属于札瓦鲁辛政委的特种部队。

那时我们的情况很恶劣：希库罗的军队和马蒙托夫的军队对我们左右夹攻，乌拉加依将军又从前面进迫。

我们不得不暂时退却。我已经两天没合眼，连腿也迈不动了，左脚磨出了大水泡，不得不用包脚布包上，走起路来非常吃力。

就是在这种情况下，我被札瓦鲁辛政委叫了去，他对我说：

"特洛菲莫夫，我有一件很重要也是很危险的事情委托你办。请你答应我，如果为了革命需要去死的话，你是甘愿牺牲的。"

"是！我甘愿为革命而死！"我打了一个立正，干脆地说。

"那好，给你这个。"他说着，从抽屉里拿出一份文件，文件装在一个很大的纸信封里，信封用两个硕大的火漆印封着口。他接着说："拿着，请你骑马到鲁干斯克骑兵集团军司令部去一趟，把这封秘密文件当面交给布琼尼司令。"

"是！"我说，"一定完成任务！"

"你要穿过敌人的层层封锁，万不得已的时候，可以把文件销毁。如果你能到达鲁干斯克，那就简单地口头报告一下作战情况——也就是文件上的主要内容。你就说，希库罗和马蒙托夫左右夹攻，乌拉加依从前面进迫，需要从后面打击乌拉加依，不惜付出任何代价保住中心，防止零散的哥萨克敌人队伍集中。再报告一下我们部队里有多少战士，敌军的人比我们多一倍，如果不给我们特别的援助，我们就要全军覆没了。"

我把秘密文件接过来，解开衬衫，把它掖在怀里皮带底下。

"再会，政委！"

"再会，特洛菲莫夫！"

我选了一匹叫尼格罗的最好的军马，飞驰而去。

尼格罗顺着公路在一行行菩提树下驰骋。它打着喷嚏，抖着鬃毛……一副剽悍神气！

跑过了一座木桥……

拐进了一个毁尽烧光了的村庄……

钻入了一片树林……

树林尽处，一条大河挡住去路。

我驱马沿河岸向右奔驰，想找过河的桥，找不到。再驱马转身向左奔驰，还是找不到桥。

我只好打马渡河。

尼格罗一跃而起，扑通一声跳入河水深处。河水很深很深，我不知道我是怎样及时地把两只脚从脚镫子里拔了出来。总之，等我从水里探出头来的时候，发现离尼格罗跳下去的地方不远处，河水泛着一圈圈的波纹，从水底一阵阵汩汩地冒出白色的泡沫。

我围着冒气泡的地方游来游去，焦急地等待着尼格罗浮出水面。5分钟，10分钟，大约15分钟过去了，我心爱的战马还是没有浮出来。

尼格罗淹死了。

我落泪了，然后向河对岸游去。

我爬上岸时，浑身湿得像落汤鸡一样，帽子也丢了，皮靴涨得鼓鼓的。

我沿着一条羊肠小道向前走去。在阳光的照射下，我的身上渐渐地干了，皮靴也渐渐地干了，皮靴一干，就开始挤脚。我已经磨破皮了的左脚疼痛难忍。

忽然，不知打哪儿过来一个人。

这个人一身农民打扮，模样怪吓人的。

"大兵老爷，您好！"他龇牙直乐。

"你是干什么的？"我问。

"我以前是个人，"他说，"现在我是一条无家可归的野狗。您别看我没有尾巴，没有尾巴，我也是狗……"

我莫名其妙起来："你说得明白些！"

"你们用刺刀挑死了我的老婆，烧了我的房子……你这马蒙托夫的孝子贤孙！"他忽然屈膝跪下，哭喊起来。

很明显，他疯了。他把我当成白军匪徒、坏蛋、马蒙托夫的哥萨克了。这也难怪，因为我没穿红军的服装。

我扶起他："你走吧，红军会为你报仇的。"

"红军？！哈哈，谁是红军？这一带全是白匪军。哈哈……"

疯子走了。

我拖着痛脚，吃力地迈着我的步子，开始爬一座小山。

突然，山顶上冒出一队人马，直奔我而来。我看得很清楚，那是马蒙托夫的哥萨克侦察班。

我赶紧跑到灌木丛里，扔掉了我的勃朗宁手枪，因为手枪和子弹都已被水泡湿，已经没用了，带在身上也许还是一种罪证，不如扔掉。然后我急忙伸手去掏掖在怀里皮带下的那封给布琼尼司令的秘密文件。

坏了！文件哪去了？我的手在光溜溜的肚皮上摸来摸去——肚皮倒还在原处，文件却不见了。

"喂，站住！……"敌人已经到了山下。

我跑不动了，我的脚太痛了。

哥萨克们把我包围了，他们跳下马背，向我猛扑过来。

我照这人牙齿上一拳头，照那人耳朵上一巴掌，可是第三个人……第三个人对准我的脑袋就是一下子，我摔在地上，失去了知觉。

等我恢复知觉时，我发现我躺在井边的地上，周围有好几个哥萨克军官，一个哥萨克正在我身上浇水，他们吱哇乱叫着，还用大皮鞋踢我。

他们要押我到司令部去。在去司令部的路上，我寻找机会伸手在怀里掏着，裤子里也找过了，两肋也拍过了，也许经过这一番折腾，文件串下去了，可是找来摸去还是一无所获。同时我也暗自庆幸，我军的秘密文件总算没有落到马蒙托夫手里，我的良心上是平安的……

司令部到了。

两个哥萨克进去报告，两个哥萨克看守我。我对留下来的两个人说：

"两位老乡，不管怎么说，咱们几个也是弟兄，也是在一块土地上长大的孩子。老乡，请你们许可我在临死以前脱下皮靴，让我的脚松快松快！我的脚疼得不得了了。"

两个人奚落我几句之后，其中的一个终于答应了一个临死的人的这一点儿小小的请求。

我吃力地脱下靴子。多么舒畅啊。

"把俘虏带上来！"

我赶紧穿鞋，穿好了右脚之后穿左脚，当我拿起那条包脚布时，惊讶地发现了那份秘密文件！

文件已经湿透了，搓弄得破破烂烂的，压成一团了。原来它顺着裤腿掉进了皮靴，卡在皮靴里了。

我小心翼翼地把文件捏成小团，摸着黑悄悄塞进口袋里，然后迅速穿好皮靴，跟着他们进了司令部。

一个军官坐在桌前。

"你是干什么的？"军官慢条斯理地问。

"我是一个木匠。"我回答。

"你是布尔什维克！是莫斯科派来的奸细！……来人哪，给我搜！"

我感觉我的脑门有股冷汗在渗出。

就在这千钧一发之际，门开了，一个青年军官气急败坏地跑进来嚷道：

"将军来了！"

所有的人都惊慌失措，脸色煞白。

于是他们向门外跑去，欢迎他们将军的到来，只剩下一个人看守我，就是那个对我产生恻隐之心、许可我脱鞋的人。他的眼神真的叫人猜不透，还面带笑容，像是在嘲笑，又像是一种同情。

我没有心思去审视他。我要把文件销毁掉才是。

我决定把它吃到肚子里去。

看守我的人还在笑。

我装作满不在乎的样子，故意跟他别扭似的，把文件举到嘴边，咬下了头一口，慢慢咀嚼起来。

看守不再笑了。

他注视着我，忽然开口了：

"喂，祝你吃得饱，吃得香！"

我迷惑不解，我惊诧不已。

这时窗外的欢呼声由远及近地传来，我的看守作出立正的姿势，在门口直挺挺地站着不动了。我也吓了一跳，慌里慌张地把残余的文件整个塞在嘴里，好不容易才把嘴巴闭上。

门开处，一群人狗似的拥着熊一样的将军走了进来。

将军一眼瞧见了我，转身问他们：

"这人是谁呀？"

"大人，这是俘虏。半个钟头前逮住的。"

"审问过了吗？"

"还没有呢。"他们回答，"还没来得及审问。"

"身上搜过了吗？"

我捏着一把汗，把牙关咬得紧紧的。一阵静默过后，那个领头的军官的嘴微动了一下，似乎要开口，这时看守我的那个哥萨克挺身出来说：

"大人，是的，搜过了。"

"搜到什么没有？"

"搜到一根带子，"他说着从口袋里掏出来一个带子。

我纳闷极了。我从来没有过这么一根带子。

"这根带子很可疑。这是你的吗？"将军说。

我摇了摇头。

那个哥萨克说："大人，这根带子不是什么危险品，这不过是一根木匠用来量长度的带子而已。"

"木匠？"将军说，"那么，你是木匠？"

我张不开嘴说话。

将军坐到椅子上，把胳膊支在马刀上：

"我跟你说清楚，如果你不立刻回答我，你是干什么的，从哪儿来，那就叫你靠墙站着。不通过法院，不经过法庭审判，就枪毙你。明白吗？"

不管他怎样威吓我，我就是不吭声。我不能张嘴，一张嘴文件就会掉出来的。

"给我打！"将军气急败坏地吼道，"当心别把他打死，我们一定要问出他话来。"然后将军喝茶去了。

他们扒掉了我的上衣，把我按倒在板凳上，把鞭子上蘸了不知是醋还是盐水，狠狠地抽我，残酷无情地抽我。

文件在我的嘴里已泡烂，我开始一点一点往肚子里咽。

鞭子在耳边作响，一下，一下……我咬紧牙关，就是一声不响。

他们打累了，终于停下来呼哧呼哧地喘粗气。

"我说，木匠！"军官说，"你到底回答不回答我？说呀！"

"不说！"

我这个傻瓜居然回答了他。我牙关一打开，就有一样东西从嘴里吧嗒一声落在地板上。

"大人，他的舌头……"一个人惊呼道。

所有人都惊呆了，我也吓得哆嗦了一下。难道我真的把舌头连同文件一块儿嚼烂了？

我把自己的舌头在嘴里转了几圈，一点不明白，我的舌头究竟是在嘴里还是在地上？地上分明有一个湿淋淋的鲜红的舌头。

我们都莫名其妙。

"快弄走！"军官喊道。

我急忙抢过地上那个舌头，就往嘴里塞。

咳，哪里是什么舌头，敢情是火漆！是札瓦鲁辛——就是我们的政委的——火漆印。

这回我干脆就当哑巴吧。

这些白匪要把我送医疗站去，要把我的那个"舌头"接上，否则他们无法向他们的将军交代呀。

还是由先前看守我的那个哥萨克押送我。他端着枪，默不作声。我却开口了：

"我说，老乡……"

"住口！"他说，"不许你说话！"

多么奇怪的白匪呀！

医疗站到了。多美的大自然！大树苍翠，空气清新，天空湛蓝，我恨不得欣赏一辈子！不过，我这辈子还能活多久呢？

这时候，那位军官拖着他的大马刀无精打采地走来了，从他的神情看，好像刚挨了一顿骂似的。他走近我：

"啊！你咬了舌头，叫别人替你负责任？真不是东西！"说着，就给了我一个大耳光。

我一声没吭，只咬紧牙关，照准他的头顶猛地就是一拳头！

他立刻又是哼哼，又是叫嚷：

"枪——毙——他——"

我又"嗵"地使劲捶了他一拳头。

他像个小孩子似的在台阶旁边蹲了下去。

人们七手八脚地扭住我不放，我也不挣扎，挣扎也没用。

军官已狼狈不堪，几个人急忙去照顾他，把他扶起又坐下，对他尽情地献殷勤。

"大人，可以枪毙那个小毛孩了吗?"其中一个人指了指我，问军官。

"不能枪毙。"军官站了起来，"不能枪毙。待会儿我要拿这小子显显身手，不过现在得先给他治病。"他指了指看守过我、押送过我的那个人接着说，"我说，翟科夫，你快带他到医生那儿去，我随后就到。"

这时，我才知道这个奇怪的哥萨克姓翟科夫。

翟科夫把我带到更衣室换了衣服，然后把我领到医生的诊疗室。

一个模样可笑的侏儒似的医生正在给一个五大三粗的大汉听诊。

不多时，那个军官也进来了，他对医生说："我们有一件十万火急的事情找您。几分钟前这个人——"他指了指我，"这个人示威性地咬掉了他的舌头，我们还需审问他，所以您能不能采用科学的方法，叫他在临死前哪怕只说出几句话来。"

"嗯——我试试看吧……"医生啰唆了一大堆，总之，我只听到他一再重复"试试看吧"这几个字。

"好吧!"军官说，"那您就试试看吧。不过，大夫，您最好是快一点。"

"可以，可以，可以快一点儿……"

医生慢慢地擦着他的指头。

军官急得直跺脚。医生却满不在乎，嘴里还哼哼呀呀的，最后，他终于走到我的面前：

"年轻人……张嘴。"

我只好把嘴张开。

"张大点儿。"他说，"再张大点儿！"

我能张多大，就把嘴张多大。

"再张大一点儿。"

我把我的"血盆大口"一直张到耳朵边上了。

他仔细地看了我的嘴里，还伸手在我嘴里掏了一阵子，我恶心得要吐。这时医生说：

"不对吧，舌头好好长在原来的地方。"

"怎么？"军官"腾"地从椅子上站了起来，"这不可能！"

"我保证舌头一点儿问题也没有，不过舌头是蓝色的。"

"不可能。您搞错了。"军官说。"不可能。您搞错了。"医生说。

军官亲自来看我的舌头，我故意伸给他看，他惊讶得两只眼睛都翻到脑门上去了。

军官已顾不上是怎么一回事儿。"这么说，你有舌头？这么说，你会说话？"

"是的，"我说，"我会说话。"

军官竟然没有恼火，反而笑了起来，高兴得好像是有谁白送了他一大笔钱。

"啊！"他说，"我不是在做梦吧？再把你刚才说的话重复一遍。"

我又重复了一遍，而且还补充了一句："你这家伙是最坏的败类，比败类还要坏。"

他竟然连骂我都没骂我，只像马嘶鸣似的笑个不停。笑了一会儿，他不笑了，开始发号施令，让医生和另一个士兵看着我，让翟科夫到外面站岗，并吩咐翟科夫一会儿把我押到司令部去。

他急匆匆地走了，翟科夫也跟了出去。

门刚关上片刻，外面就传来一声惨叫。

"怎么啦？怎么回事儿？"医生问道。

"没什么！军官先生绊了个跟头。"翟科夫在外面大声回答道。

屋里只剩下我和看着我的士兵以及这个滑稽的医生。医生开始给我治病，把我的舌头又检查了一遍，说我的舌头像在钢笔水里泡过似的，牙床也肿了；又给我检查了鞭伤，于是让我吃了几片药。整个过程很简单就该完事了，可是医生不厌其烦地跟我唠叨个没完，我恨不得把他吃了，此刻我正饿得发慌。

过了一会儿，翟科夫押着我离开诊疗室。我俩差不多并排走着，我忽然发现我们根本不是往司令部方向走，而是往完全相反的方向走。翟科夫一再催促我快点儿走。

走着走着，一个干干巴巴的老将军挡住了我们："哪儿去？"

翟科夫立刻规规矩矩打个立正："我押送这个布尔什维克俘虏去执行命令。"

"报销吗？"

"是的，大人。报销。"

"好吧，去吧，务必打准了。"将军抖动着他那两条小细腿就走了。

我们也继续向前走去。过草场，走小路，我始终弄不明白到底是向哪儿走，已经走过了几处可以枪毙人的地方，可是翟科夫还押着我往前走。

到了一个峡谷，在我看来，这里是很适合"报销"我的。

"站住！"翟科夫命令道。

我停住了脚步，深情地望着远方："告别了，我的战友；告别了，我的家乡……"

我回头看了一眼翟科夫，看见他把步枪夹在了腋下，从怀里掏出一副肩章，伸手递给我说："给你，戴上。"

在我一怔的功夫，翟科夫已走过来，利索地把两枚肩章戴在了我的肩上。

"咱们赶紧跑吧！"他说。

"往哪儿跑？"

"当然往布琼尼那边跑呗。"

"你是自己人？"

"当然是自己人，千真万确的……咱们赶紧跑吧。"

可是，我已经跑不了了。我的肚子直翻腾，嗓子眼儿、胸口，都像着了火似的火辣辣地绞痛，肠子像要断成两截。我想准是我吞下去的火漆开始熔化了，我站起来，摔倒了；站起来，又摔倒了。我实在受不了了。

这时，翟科夫把我抱了起来，像扛麻袋似的把我往肩上一扛，就钻进灌木丛里去了。

出了峡谷，来到平原地带，翟科夫扛着我像匹马似的飞跑起来。

到了一片小树林，我的肚子不疼了，可是翟科夫却跑不动了。我们坐下来喘气，翟科夫向我述说了他的身世。原来他是被哥萨克抓去当壮丁的，发给他一支枪，命令他打布尔什维克。但是他没打一个布尔什维克，只打死过一个人，还是用枪托打的，他打死的那个人就是打我耳光的那个军官。我在诊疗室里听到外面的那声惨叫，就是军官被翟科夫打死时向这个世界发出的最后一声告别。

我们没有工夫详说细谈，翟科夫把我架起来，我勉强迈着步子，走出树林，来到一处鲜花盛开的林边。

忽然，从灌木丛后窜出一个人，把我俩都吓了一大跳，我定睛一看，原来是我送文件来路上碰到的那个疯子。他蓬头垢面，衣服破得拖一片挂一片的。

疯子看见了我们的肩章，猛地拾起一块大石头向我们头上砸来，并大声嚷道：

"我要把你们马蒙托夫一伙儿人消灭光！"

看样子，他是要和我们拼命了。我们左躲右闪也不行。没办法，我和翟科夫费了好大劲，把疯子捆了起来，还用一团草堵住了他的嘴，然后把他扔到沟里，先让他在那儿休息吧。

我们刚想赶路，突然一队哥萨克骑兵飞驰而来。

"站住！"他们叫嚷道，"你们是哪儿的？到哪儿去？"

我想，这下我们算彻底完蛋了。

只见翟科夫不慌不忙地回答：

"我们是马蒙托夫将军的私人信使，到库尔巴托沃村去，给希特普塞尔送情报。"

"这可是个问题。好啦，到司令部去搞清楚怎么一回事儿再说。"一个哥萨克盯着我的肩章，似乎看出了破绽。

翟科夫急忙指着我说："这是邓尼金军队的主任医师。他被苏维埃军队俘虏了，刚跑回来，他必须刻不容缓地去见邓尼金。我是他的警卫员，明白了吗？你们要是耽误了我们的正事，马蒙托夫会给你们厉害瞧的。"

他们还将信将疑。

这时，又过来一个哥萨克骑兵。

没想到，这个人竟认识翟科夫。经他证实，确认我们是他们一方的。

这些骑兵急忙向我们道歉，我和翟科夫临走时，他们还提醒我们别往右侧走，说右侧小河那边有布琼尼的军队。

骑兵跑远了。我和翟科夫立刻去看那个疯子，可是疯子不见了。

我们已没有心思惦记疯子了。急忙吃力地也是欣悦地向右边小河方向走去。

我们进入了布琼尼军队所在地区。

翟科夫狠狠地拽下了邓尼金的肩章。当把我的肩章也拽下来之后，我们又听见一阵马蹄声传来，由远及近，一队人马直奔我们而来。

我们撒腿就跑。在树林里躲开骑兵并不太难，可毕竟还是马的腿多一些呀，马蹄声越来越近。

忽然一声枪响，一颗子弹嗖地从我头上飞过。

我们没命地奔跑。枪声从后面不断传来。

突然翟科夫一下子摔在地上，躺在路上动弹不得，脸上尽是鲜血，鼻子上糊着泥土。

我跑上前去，拼命地摇动他的肩膀。可是翟科夫还是一动不动。

就在这时，有人在我头上大喝一声：

"站住！举起手来！"

我抬起我昏昏沉沉的头，竟看见……

竟看见在那几个兵士的皱巴巴的军帽上缀着红军的红五角星。

自己人！

我用臂弯扶着翟科夫，对他们说：

"你们把自己人给打死了！"

"去吧！别胡扯啦。还伪装什么？"他们竟不相信翟科夫是自己人。

"不管怎么说，他也是自己人！他是我们这边的人！"

"你说得对，"他们说，"他是你们那边的人。"

"怎么？还以为我也是白色的吗？"

"没以为。"排长穿戴的人说，"你大概是灰色、褐色、深红色的。"

他们把翟科夫翻过来，在他的口袋里搜出一张纸，读上面的字：

"瓦西利·谢苗诺维奇·翟科夫，马蒙托夫将军的哥萨克志愿师第一骑兵连战士。"

这下，怎么的也说不清楚了。

我用尽力气把翟科夫扛在肩膀上，只好跟着他们走。我的脚疼得不得了，背上的鞭伤钻心地痛，几次三番地差点儿跌倒在马蹄下面。就这样走了一会儿，他们看我实在走不动了，就把翟科夫放到他们的马背上，我们走进了一个院子。翟科夫微弱地喘着气。

过了好一会儿，一扇房门打开了，有人从屋里喊：

"把俘虏带上来！"

说我是俘虏！一个布琼尼战士居然成了布琼尼军队的俘虏！

我被押到一所小房子里。一个年轻的政委开始"审问"我。我对他的问题一一作出真实的回答，可是我拿不出充分的证据证明我是布琼尼的人。我骑的马，淹死了；我送的文件，让我吃了。后来，我掀起衬衫让他们看我鞭痕累累的后背，述说了我被敌人俘虏、痛打的过程。这一下，他们有些相信了。

就在这时，意外的事又发生了。被我们捆起来扔到沟里的那个疯子来了，看样子他已不是这里的生客，他一眼就看见了我，挥舞着拳头，大声咆哮起来：

"布尔什维克们，快揍他，马上把他毙了！就是他，就是他们，把我的房子烧了，把我的老婆杀了，这些狗东西还在树林里把我捆了起来……这是马蒙托夫的信使，他们是到库尔巴托沃去告密，他们的谈话我都听见了。"

"我是到库尔巴托沃去，不过，我是故意去……我是去……我不是上那儿去，我是上这儿来，我是去……"我的脸憋得通红。

"住口！"政委喊道，"够了。"政委把疯子送走之后，在屋子里踱着步，沉思了一会儿，然后宣布：

"将敌方的侦察员和特务特洛菲莫夫判处死刑，立即枪决。"

完了，彻底完了，我已无法申辩。我没有证据。就要枪决了，我琢磨应该留下点儿什么做个纪念，我认为我的皮靴挺好，就脱下来扔给他们。

奇迹又出现了。包脚布里滚出来一个破烂的小纸团，上面还有字迹。我急忙打开，上面的图章隐约可见。我把这张小纸呈给政委，政委仔细辨别着，念道：

"致……第一骑兵军……长……恩·米海洛维奇·布琼尼……工农骑兵军第六师司令部。"

以后的情况，大家就可想而知了。年轻的政委派一辆马车把我和翟科夫送到了布琼尼那儿，住进了医院。可敬的布琼尼司令在医院里关切地接见了我们。我向他汇报了札瓦鲁辛政委的口信，并把翟科夫介绍给了司令。

两个星期后，我出院了，又回到了部队。

新年前夕，我收到了从莫斯科捎来的一份珍贵的礼物——一枚红旗勋章。

（孙天纬　缩写）

孤 胆 勇 士

〔美国〕布赖恩·加菲尔德　原著

这个根据真人真事写成的故事，发生在第二次世界大战期间。

中立国比利时的一座别墅里，秘密会议正在进行。

夜色深沉，克里斯托弗趴在屋檐上，透过微开的窗子，窃听着会议的全部内容。

克里斯托弗是一个英国男孩。他在英国读书时，结识了一个比利时的男孩——保罗，他俩成了非常要好的朋友。保罗的父亲是比利时国家的高级官员。克里斯托弗借助这层关系，在英国首相丘吉尔的派遣下，以度假为名，在这座经常有许多大人物进进出出的别墅里刺探比利时的情报。丘吉尔之所以派这个小男孩来，除了那层关系以外，还因为由小孩做间谍活动不会惹人注意。

会议还在进行。克里斯托弗在黑暗中，凭着感觉，往一个笔记本上匆忙地记录着会议的内容。

这个由德国人参加的会议，一开始就对比利时不利，德国人控制着整个局面。保罗的父亲一再想挽回局势，都未能如愿。比利时人被迫把自己的军事阵地、部队集结点、防务、交通补给线等重要情报都透露给了德国人。这等于比利时人把自己的整个国家都拱手送给了法西斯纳粹。然而，比利时还将继续以中立国的面目面对英法盟国。

会议将要结束，这时比利时人问德国的外交部长：

"那么，你们打算什么时候向英法发起进攻？"

德国外交部长沉吟了一会儿说："大约5小时之内。"之后他礼貌地向众人微微一笑，带领随从快步走出会议室。

5小时！

克里斯托弗只觉得笔记本从他的手里掉了下去。就在这时，他听见一辆汽车在石子路上开动，汽车的前灯扫过别墅。他赶忙把身体贴在屋顶上，一动不动。因为这时稍微动一动就会被人发现。灯光扫过他的身体，然后转向别处。这时，有人在别处喊叫起来。他分辨不出喊的是什么，却吓得下意识地往后一闪，不料，他一下子滑下屋檐。他拼命地抓住檐边，但是一块瓦被他掰了下来，于是他掉了下去，一个筋斗翻过那扇开着的窗户。当他摔下去的时候，脚腕子正好撞到窗户上，碰得很疼。某种本能驱使他转了一个筋斗，使两条腿朝下。这倒霉的时刻他闭紧了双眼，掉到地面上时——两脚着地猛然疼得钻心——然后向前扑倒，两只手摔在石头上，手心火辣辣地疼痛。

他平躺着，突然想起摔下来时曾发出的响声。这时听到有人喊叫起来，另一些人呼应着。接着，一扇门被沉重地撞开。在一束灯光的衬托下，一个胸前挂着步枪的人影出现了。他们听见了他的声音，正朝他跑来。

克里斯托弗竭尽全力向树枝围成的篱笆滚爬过去。他浑身是伤，只觉得疼痛难忍，却又弄不清具体疼在何处。他感到左手在流血，又湿又黏。

过了一段时间，周围渐渐安静下来。然而这座别墅戒备森严，情报一时还无法送出去。这时，他猛地想起了遗失的笔记本，因为除了笔记本，比利时人抓不到任何证据，更因为笔记本上有相当重要的情报，他忘记了疼痛，觅着原路走了回去。他在笔记本遗失的地方摸索了一遍又一遍，可是一无所获。

"你找这个吗?"

这个声音惊吓得他跳了起来，身体差一点摔倒。他蹲在那儿，笨拙地转过身来——原来是保罗! 保罗一只手拿着笔记本，另一只手拿着一样东西: 一只左轮手枪。

保罗把克里斯托弗带到一个地下室。保罗关上地下室的门，把手枪插在腰间。

"你要告发我吗?"克里斯托弗疑惑地问。

"向谁告发? 向该死的德国人……"保罗狂笑着，以至于走了调。他把笔记本扔给了克里斯托弗，接着说:

"我以往破译过许多密码，类同你这样的。我还一直以为你的字写得不错，可是……"

我是摸着黑写的。克里斯托弗想。

"搞间谍活动，竟然搞到朋友头上来了。"保罗摇着头，"你背叛我——你的朋友。我真该揍你满脸开花。"

"你试试看，脚腕受了伤，我也能打败你。"克里斯托弗说。

"你就这么大胆吗?"保罗扭动嘴角，带着嘲弄的意思。

"当叛徒的是你们的人，我可没向该死的德国人出卖过任何人。"

"你的信号发出去了?"

"没有。"

保罗垂下眼睛，看着克里斯托弗手中的笔记本："这是为谁记的？"

"你看是为谁？"

"一定是为那个胖首相丘吉尔。"

"你猜的不错。"

"难怪你苦苦央求我，带着你来比利时度假，而实际上你是来刺探情报。看来那个胖老头真有心计，为了遮人耳目，仅仅派了一个15岁的中学生。那胖老头真够灵活的。"

"你们比利时人向我们伦敦隐瞒自己的防务计划。我们需要知道进展情况。我到这儿来，就是为了刺探这个。我可没料到会发现比利时人会把比利时出卖给该死的纳粹德国。"

这时，隐约听到外面炮声隆隆。德国人已在比利时的国土上开战了。

保罗气急败坏地面对着他的朋友，耸耸两肩，然后突然转身向门口走去，并把门反锁起来。

克里斯托弗呆住了。

可是，不一会儿工夫，保罗就回来了，并且带来了药膏、绷带、奶酪、面包和柠檬汽水，还有一本英文版的《名利场》。他告诉克里斯托弗养好伤后再逃走。最后他说：

"克里斯托弗，我的朋友。我相信你的勇气，你会胜利地闯出去的。阿尔贝运河离这儿只有10英里，你们英军路过那儿时，你可以同他们会合，把情报送给他们。我一会儿乘飞机到英国去，你还有你的任务，我们不能一起走了。我盼望着咱们在英国见面，听你讲所有的历险故事……再见！"

临别，保罗送给朋友一块手表作为纪念。

然而，这竟是这对亲密伙伴的最后一别！先离开这个世界的，不是克里斯托弗，而是保罗。在保罗所乘坐的飞机刚起飞不久，就被德国战斗机给击落，保罗及其家人死于非命。

当克里斯托弗巧妙地冲出别墅，将要到达阿尔贝运河时，突然他发现一个地堡。从地堡的缝隙中伸出一根枪管。这里一度是比利时的阵地，现在已经被德国人占领了。

炮声还在轰鸣不止。

克里斯托弗悄然无声地退回到树林，设法逃过去。

然而，不久，炮声停止，这将意味着德国的人总攻马上就要开始。

时间紧迫。克里斯托弗想：必须马上冲过去。

克里斯托弗弯腰冲出树林，开始奔跑。

这时，前沿哨位，敌人的子弹拼命地向他射来……

克里斯托弗跑出十几步以后，就猛然闪向左边，再跑出几步，又拐向右边，子弹像连珠炮般的在克里斯托弗的四周噼噼啪啪地爆响，好像有人在贴着耳朵鼓掌。他一边左右躲闪，一边拐着"之"字形路线奔跑，时而紧紧扑倒在地，时而打着滚，然后跳起来继续奔跑，那挺机关枪急速向他点射。他已冲出那片开阔的斜坡，身边一片平坦，根本就无处藏身。现在他只能一口气地奔跑，如果稍一停步，他们就会调准枪的射程。

子弹打在他周围的石头上迸着火花。

他往左侧接连闪了两下，又急速向右躲闪；他猛地收住脚步，一转瞬又奔跑起来，挥动着手臂保持着身体的平衡，就这样那挺机关枪又被愚弄了。一梭子弹打到他前面去了，他跳向一边，听见子弹爆响着掠过自己的左耳。他时而向前狂冲，时而连滚带爬，他曾经受伤的脚踝一阵阵刺痛，只见眼前出现一个炮弹坑，于是一头扎了下去，翻着筋斗倒在坑底。

他深深地吸了一口气，叫喊起来："你们为什么不来抓我？想逮住一个英国学生，你们德国鬼子竟得派出一个装甲师！"

随后，他一边笑，一边窜出弹坑。他像一匹脱缰的马，朝着山顶直冲上去。

子弹像饿疯了的野狗紧追不舍。

一个绿荫覆盖的山谷遍布着褐色的弹坑，下面是一个被打得七零八落的农场，半英里以外，在对面高高的山坡上一支英军正严阵以待。

正当克里斯托弗奔跑之际，一只有力的大手抓住了他的胳膊，惊得他差点儿喊了出来。

一个嘶哑的声音冲他吼了声：

"该死的傻小子。"

原来这是英军的前沿哨位，一张戴着钢盔的脸浮现在他的眼前：一个英国士兵。

他终于逃出了险境。

克里斯托弗历尽艰险，最后终于把情报送给了英军。这时他得知比利时人已经投降，英国的远征军被迫撤退——撤向敦刻尔克。

由于克里斯托弗及时的情报，使英军迅速撤离，免受了巨大的损失。就这样克里斯托弗从敦刻尔克乘船到达多佛尔，又乘火车到达伦敦，结束了惊心动魄的比利时之行……

伟大的敦刻尔克撤退之后，不列颠之战开始了。

虽然英国的皇家空军取得了空战的胜利，但是英国海上的装备要与敌人较量却胸无成竹。在爱尔兰的北端有个叫"多尼戈尔"的地方，是爱尔兰的非法组织共和党人布集之地，他们在爱尔兰有很大的影响；同时他们又在支持纳粹德国的这场战争。如果共和党人也参与进这次英德之间的海战，那么英国必败无疑。为了确切探得德国人是否在此得到共和党人海上的援助，克里斯托弗又深入虎穴与敌人周旋。在此之前，英国在多尼戈尔已经牺牲了四名优秀的特工人员。

这次爱尔兰之行，他是以假日郊游拜访朋友为名的。他骑着自行车，暗地里藏好了以便及时与英军联系的电台。

一天，两天……

第五天，他骑着自行车行进在一条弯路上，却发现自己走进一队爱尔兰士兵的中间，这队士兵正在道路两旁休息，警惕的哨兵已把枪对准了他。克里斯托弗无力地用一条腿支住车子，用唾沫润了润他的嗓子。

"怎么回事——怎么回事？"爱尔兰士兵嚷道。

"对不起，下士。我不是要故意打搅你。"

"你是谁？"

"克里斯托弗·克赖顿。"他壮着胆尖声地说，装出稚气的笑容来迷惑这个下士。

"英国人吗？"

"是。"

"我想还是个海上童子军。你怎么没坐船？"

"我放假了，骑自行车玩儿。"

"就你一个人吗？"士兵疑心地皱了皱浓黑的眉毛。

"我去看我的朋友，他住在唐尼利。"

有一名士兵温和地说："你是找那个地方吗？从这儿顺大路走，还有18或20英里，就是唐尼利。"

"是，我知道了，谢谢。"

士兵的怀疑已经消除。

"我可以走了吗？下士。"

"可以，下午四五点钟你就可以找到你朋友的房子了。"

爱尔兰军队藏在这里干什么呢？然后他看见下士带领他的部下离开大路走进右侧一条几乎隐蔽的小路。队伍向峭壁的边缘走去，然后一个接一个消失在两块大圆石之间。

天黑了。

夜色更加浓重，雾气愈加弥漫。

克里斯托弗带着深深的疑惑向峭壁的边缘走去。他看见一个营地，里面停放着一排排卡车，他还看到闪烁发光的铁栅栏围着这块营地。

他无法看清细节。

突然，听到嚓嚓的声音，他惊恐地转过身来，有人猛撞了他一下，他本能地跪下一条腿。有样东西从他肩上滑了过去——一把步枪上的刺刀。克里斯托弗滚到一边。地面似乎要倾斜，他一时不知所措；还听到袭击者喘粗气的声音。接着他看到刺刀的影子在空中旋转——对准自己刺来。他感到肩膀抵住了石壁，他借力猛冲过去，刺刀刺在岩石上。他伸臂抓住袭击者的小腿，猛然把袭击者摔倒在地，袭击者的步枪掉在了地上。

接着他翻滚到一边，发现他已经接近了悬崖边缘，再一动就有摔下去的危险。这时袭击者又赤手向他扑来。克里斯托弗一个翻滚，一脚向袭击者的腹股沟踢去。这一脚把袭击者踢翻在地，这时他感觉到他摸到了袭击者掉在地上的步枪，于是他双手拿起枪管的一端，左右猛抡。他感到枪托同肉相撞，重重的一下，枪管几乎从他的手中震落。接着听到一声奇怪的哀号和刮擦声。他摸到枪柄和扳机，一下一下猛捅刺刀，并左右摇动着不让敌人逼近，但刺刀什么也未碰着，除非是扎在峭壁的石头上，迸出点点火星，发出微弱的响声。

原来，那个袭击者已被枪托重重的一击砸碎了脑袋。

于是克里斯托弗换上袭击者的衣服，并把袭击者抛入大海。

他看到了他想看的一切，他已经看够了。这时天已大亮。

突然一只手搭在了他的肩膀上。那个人同他讲德语。于是他惊恐地拼命地挤开周围的士兵，德国人在其后叫喊着，好几个人被绊倒。他边跑边脱衣服，后面的喊叫越来越大了。他跑过一个飞机库的末端——潜艇的进出口。他像参加比赛一样俯冲入水，子弹在他周围纷纷落下……

克里斯托弗逃脱了。

丘吉尔拿着克里斯托弗发来的一封电报：

……两艘德国潜艇，满载乘员至少有一个连的后备人员，一部分是德国人，其余是爱尔兰人，他们用新型卡车运输燃料，在夜间行驶，他们……

这是克里斯托弗爱尔兰之行所获悉的情报。这情报终于确定了德国已得到了共和党人支持燃料物资的秘密，为英国人取得胜利立下了功绩。

英国人经受住了德国人在那个冬天的闪电式进攻。这时克里斯托弗在一个小城里正接受训练，这项训练，是在皇家空军第二初级飞行训练团的名义掩护下进行的。

丘吉尔让手下人很小心地替他改了身份。种种档案、记录都已偷偷地装进档案柜里，证明了彼得·汉密尔顿——克里斯托弗的化名的存在，年龄19岁——其实他仅16岁。

在克里斯托弗受训期间，他学会了作为一名出色的间谍所应学会的一切。他成了一个真正的名正言顺的特工人员了。在以后的两年多的时间里，他又奉命搞沉了一艘荷兰潜艇，还暗杀了几个混在英军中的叛徒。但为了工作和战争的需要，他也曾出卖几千加拿大人。

有时克里斯托弗常常做着强烈的思想斗争。是否应该改行，因为良心时时在谴责自己。他曾断言，如果再这样干下去，应该做一个外科手术——切除良心。为了祖国早日胜利，为了更多的人能早日得到幸福免受灾难，他决心咬着牙干下去……因为在英国国内，他这个年龄范围的人正被征召服役，他们不论是尽义务去的，还是主动去的，反正都带着这样的希望：战争不会永远打下去，大家都希望活到战后。他们还得坚持下去，仿佛他们是永生不灭的人似的。他怨恨战争，是战争使他从15岁时便脱离了现实的生活，是战争把他变成了一架机器，是战争把他——就像把一只半大的小狗变成了一只能看家的狗一样。

他怨恨战争，更加怨恨战争的屠夫、刽子手——纳粹德国。

英国首相丘吉尔为了转移希特勒的兵势而暗露情报：要大举进攻挪威。于是希特勒便调兵强守挪威。原来，丘吉尔是虚攻挪威实攻别处，希特勒上了一次大当。暗露情报的受派者又是克里斯托弗。

克里斯托弗是勇敢的，他喜欢冒险，也热爱自己的工作与事业。为了战争的胜利，为了本国的利益，他不顾安危，一次次深入敌穴，完成了一项项出色的任务。在一次执行任务中，他被捕了。监禁克里斯托弗的地方是一座巨大的灰色楼房，叫作"狐穴"。这里便是德国的反间谍机构。克里斯托弗在出卖一项假情报之时被此机构的人识破，终于被他们抓住，受尽了非人的折磨……

克里斯托弗被带进一个房间。他的背上重重地挨了一脚，身体往前一冲，一头栽在地板上。房门随后砰的一声关上了。

这不是一间单人牢房，里面并不是他独自一人。有一个人站在他面前。克里斯托弗转过脸，抬起眼睛从一双长筒靴底下向上望：绿色的军装，黑色的镶边——这是敌人武装党卫军的制服。克里斯托弗顽强地跪起身来，伸出手去扶墙，但当扶墙而立时，感到天旋地转，他整个脑袋疼痛难忍，眼睛充血。种种事物在他的脑海里游来荡去，不连贯的图像，相互之间毫无联系，思维也没有逻辑。克里斯托弗又倒下了。

敌人把火柴固定在钢针上，然后把钢针插进克里斯托弗的指甲缝中，再点燃火柴棍……克里斯托弗在酷刑的折磨下一次次地晕了过去……

数天之后克里斯托弗被带到一个办公室。审问他的是一个叫艾伯特·李勃的，身边还有一个像是做记录的女人。一个作守卫的盖世太保站在门口，腰里插着枪。

这时克里斯托弗又一阵眩晕，倒在地上。

艾伯特·李勃喊道："快，叫大夫。"

"是！"那个女人像头牛似的听命令，转身向电话机走去。就在这一瞬间，那个盖世太保伸出两只坚硬的手指插向那女人的双眼，与此同时，他又用那支"施迈塞"手枪的枪尾猛击艾伯特·李勃的脸部。

艾伯特·李勃被打倒在睡椅上。那个女人还没有来得及叫一声，便死去了。

于是盖世太保扶起克里斯托弗，轻声而急切地说：

"我救你出去。"

盖世太保向房门走去。

"我们必须要不断地说话，因为门外有警卫，否则他们会生疑。"

克里斯托弗的脚像火燎一般疼痛，他倚着门站定，舒了一口气说："我走不了，对不起，你把我杀掉，你快逃走吧！"

"不，快，我们必须逃出去。"

"盖世太保"和克里斯托弗历尽重重阻力和艰险，终于逃出了那个"狐穴"。原来那盖世太保是一名英国派遣在反间谍机构的特工人员，名叫哈里。

他们抢了一辆车，迅速逃走。

哈里说："听着，要是出现什么问题，或是我们不得不分手，我们在这一地区就只剩下一个联络点了。你知道波埃尔——梅斯兰大街吗？"

"在瑟堡城里，对吗？我知道它在哪儿。"克里斯托弗说。

哈里继续说："那个地方叫作渔夫咖啡馆。那支游击队的队长是个姑娘，她的名字叫尼科尔·拉庞特。她的祖父是那个酒吧间的男招待。他过去是个渔民，后来他的渔船在奥尔德尼激流失事了，他的双腿残废了。"

后面追来的敌人拼命地射来子弹。克里斯托弗突然刹住车子，扭过头去。"哈里……"

哈里中弹了。哈里在生命的最后一瞬间，拼命把那支"施迈塞"手枪抛给了克里斯托弗。

克里斯托弗在尼科尔·拉庞特和她祖父的帮助下驾着一艘小船逃走了。

小船漂泊了很远。突然小船被卷入风暴区。黑色的海浪汹涌而来，呈现出一条条粼白色的波纹。小船太小了，太轻了，太活了；不能很好地抵挡海浪，每个海浪过后，它都显示出随时有倾覆的可能。然而，它是一只诺曼底人建造的坚实的船只，如果说它行驶得很不好，但它至少还是行驶了。倾泻在它船首的大量海水，足可摧毁一艘比它脆弱的船只。因此，小船甲板上的木料必定是很重，很坚硬的。

海风差点扯掉了他的头发，无情的浪花鞭打着他的双颊，这样下去，他不知道自己是否还能挺半分钟。

然而谢天谢地，辨别了一下方向，他终于脱离了风暴区。

于是他舒了一口气，掏出了拉庞特和她祖父给准备的手榴弹，他拉断了六颗手榴弹中三颗的引线，扔到船旁的水里。

水里发出闷哑的爆炸声，船上几乎听不见，但是，附近的那艘英国潜艇假如在六七海里之内，它在水下是能够听见的。

他扔出的头两枚手榴弹挨得很近，然后停顿一下，接着扔出第三枚。

这便是与英艇水中联系的特殊的信号。

接着，他看见了：一件东西冲破海面，飞快地在海面上留下一条小小的尾波——他觉得这是潜艇的潜望镜。向后面看去，远处也有一件东西飞速而来，留下一条条高高的尾波。这无疑是一艘德国潜艇……

他浑身无力，只能把船头缆索抛给一个站在英国潜艇顶棚上的海军军士。之后，他昏过去了。原来那艘英国潜艇叫"海马"号，听到克里斯托弗发出的信号便来解救他了。

自从克里斯托弗同"海马"号潜艇一起脱险以来，时间已经过去将近三个月了。他们后来告诉了他，关于他们同那艘德国潜艇的搏斗情况。先是在水面上进行炮击，然后立即潜入水底同德国潜艇周旋，等待着德国潜艇的深水进攻。后来，终于打沉了那艘德国潜艇。

克里斯托弗在伤愈后，来见丘吉尔先生。

丘吉尔先生一见面便说："我听说给你输了五品脱血。你现在感觉怎样？"

"很好，先生。完全可以服役了。"

"毫无疑问，联合作战先遣队即将完成它的历史使命，"首相温和地说，"他们的人可以到远东去了。"

"是的，先生。我已请求到驱逐艇去服役。"

首相说："你要知道，德国还没有完蛋。他们虽然已经跪下了，但没有被打垮。要打垮德国，我们必须打进他们的国土。在这种情况下，他们必定会寸土必争，就像我们如果遭到侵略也会为自己的国土而战一样。我们仍然有些危险工作要做。"

克里斯托弗不禁由衷地微笑起来。

首相看到克里斯托弗脸上的笑容，于是报以自己罕见的微笑。

"那么，你还要和我一起干吗？"首相说。

克里斯托弗说："你还相信我能够胜利地完成任务吗？"

"你行，你肯定行，我相信你一定会出色地完成任务的。"首相激动而庄重地说道，并且紧紧握住了克里斯托弗的双手。

就这样，克里斯托弗带着首相的鼓励和信任，又一次踏上了征程——去做一项援救工作，一件伟大的差事。他带着顽强的信念和勇士的激情，为民族的胜利，祖国的安危而做着卓越的贡献……

（孙天纬　缩写）

银　　剑

〔英国〕伊恩·塞拉利埃　原著

　　这部小说描述了一个波兰家庭在二战中和战后的遭遇。这一家住在华沙市郊，父亲约瑟夫·贝利茨基是个小学校长，因一次上课时将希特勒的像片面朝墙壁翻了过去，而被抓进扎凯纳囚犯营，抛下了他那不到13岁的长女鲁思、11岁的埃德克和只有3岁的布罗尼亚。

　　扎凯纳囚犯营是在波兰南部的崇山峻岭之中，那里的吃住条件都极为恶劣。约瑟夫已不止一次地策划逃跑了。

　　3月里的一天，约瑟夫用纸团弹痛了一个检查牢房的警卫的脸。5分钟之内，他被送进了号称"冰窖"的一间单人囚室。第二天黄昏，约瑟夫用一块光滑的石头和一个皮弹弓射中了来送饭的警卫的脑门，然后他利索地穿上警卫制服，随着换班的警卫队士兵走出了囚犯营。

　　约瑟夫笔直地向囚犯营下边一英里处的扎凯纳村跑了过去。他刚跑到村子里一些木头房子下边，猛然发现一群人在吵闹着什么。

　　约瑟夫马上溜到大路上突出的一个方形的东西里面藏了起来。顷刻之间，一只板条箱落到他头顶上面的木板上，一阵指挥装运板条箱和开玩笑的嘈杂声混成一片。

突然，约瑟夫感到他躺着的这个木板车箱动了起来，正从大路上滑行出去。他掀开防水油布朝前张望，原来他是乘在一部高架行李吊车上。这种高架吊车靠电力驾驶，用来把货物从险峻的峡谷一头运送到另一头。这在山区是极普遍的。约瑟夫大大松了一口气。

后来，吊车突然发出尖锐的响声，一下子停住了，然后又返回到大路那边。约瑟夫一只手伸进了左轮手枪皮套，摸到的只是一块巧克力糖。幸好，这次只是又装上几只板条箱，然后吊车又滑行出去。

吊车猛地撞了一下，又停住了。约瑟夫惊喜地发现搬运工原来是个老实的波兰农民。后来他便跟着老人来到他们的木头农舍，在那儿，他受到了这一对老夫妇的热情款待，而且在老太太的帮助下，他还藏进烟囱的缺口处躲过了两个德国兵的搜索。

约瑟夫在那个小农舍度过了整整两个星期。在第15天夜晚，他离开那个农家，踏上了长长的回家的第一段旅程。

约瑟夫花费了四个半星期步行回到华沙。但他那极为熟悉的城市早已变得如月球上的陨石坑那样的荒凉、寂静，原来的学校和他的家已不见了。

约瑟夫找到了一个认识的女人。她告诉约瑟夫，他的妻子已被纳粹抓去了。就在他妻子被抓的那天夜里，有人从房顶朝纳粹士兵开了枪，后来，纳粹把那里炸毁了，从那以后，就再也没看到那些孩子。

约瑟夫开始怀着绝望的心情在废墟里寻找他的孩子们。一天下午，他在自己老家原来地方的碎砖瓦中找到了一把精致的"银剑"，那是有一次他送给妻子的生日礼物。

正当他把剑身在紧身运动衫上擦干净的时候，他发觉一个衣衫褴褛的小男孩在望着他。那孩子一只胳膊下夹着一只木头盒子，另一只胳膊下抱着一只骨瘦如柴的小灰猫。

约瑟夫告诉了小男孩有关他的三个孩子的命运情况，然后把那把银剑送给了他。"你如果见到我的三个孩子，就告诉他们，我到瑞士去找他们的妈妈了，他们的外公外婆家在瑞士。"

第二天晚上，在那男孩子简的帮助下，约瑟夫跳上一节货车的空车厢，动身到瑞士去了。

话分两头，一年多前，孩子们真的连同房子一起被炸掉了吗？

事情是这样发生的：

那一夜，住在屋子顶层的埃德克被纳粹士兵破门而入的吵闹声惊醒，他从天花板上的小活板门爬上屋顶，取出藏在水槽和裹水槽的毡套之间的他那支步枪，返回屋里。

当他看见母亲被几个纳粹士兵押进汽车时，他从窗子上开了枪，打中了一个士兵的胳膊和一只汽车轮胎，可是车子还是开走了。

埃德克用枪托砸开房门，奔下楼去找他的姐妹们。他的姐妹也被锁在屋里，他撞开了门。

"在他们回来之前，我们必须离开这儿。"鲁思说。

孩子们匆忙穿好衣服，从顶楼的天窗爬上了屋顶。他们向下滑了几英尺，到了一处突出来的、类似有护墙的平台上。

学校这一边的所有房子都连在一起，形成了一条长长的平台屋顶。他们大约走了足足一百码时，忽听背后传来两声震耳欲聋的爆炸声。孩子们匆匆地迂回地绕过火场，逃到大街上，一直漫无目的地跑到东方发白。最后，他们在一处被炸毁的房子的地下室里躺了下来。

在这座城市另一头的一个地下室里，他们建起了自己的新家。埃德克想尽办法用地板木料做了两张床，几把椅子和一张桌子，并从纳粹供应品临时堆积处偷来几条军毯，每人一条。

在那儿，他们度过了那年的残冬和第二年春天。

吃的东西就不那么容易找到了。孩子们时常到附近一所修道院去讨饭，有时偷纳粹的东西，要么就从垃圾箱里找食物。

在这样的条件下，鲁思还开办了一所学校，教那些流浪的孩子学习。孩子们都非常着迷。

初夏，他们离开城市，在一棵遮满繁茂枝叶的橡树下搭了个单坡屋顶的小房子，住下来。

由于有农民们的好心肠，吃的东西还挺多。农民们有时也依靠孩子们的帮助，把食品私运进城，在黑市上卖给波兰人。埃德克就是一个干这种私运食品的孩子头。

他总是想尽一切办法为家里人搞到吃的东西。但靠近8月底的一天，埃德克被纳粹抓进了汽车，原因是他们发现了埃德克的上衣衣缝里藏着的干酪。

两年过去了，埃德克没有任何消息。

到了1944年夏季，局势发生了变化。波兰人开始了自己的反抗纳粹的斗争，但由于缺少外援，遭到了惨败。后来，斯大林改变了他的计划，命令俄军进军华沙。1945年1月，华沙由俄国人掌握了。

鲁思和布罗尼亚又回到了住过两年的那个地窖。鲁思的学校又办了起来。

一天，当孩子们在玩一种叫"空袭警报"的游戏时，他们发现了一个躺在碎砖瓦堆上的衣衫褴褛的男孩子。他的身边还有一个小木盒，一只瘦得骨头比羽毛还多的小公鸡。

鲁思将那孩子在地窖里安顿下来，那孩子告诉大家，他的名字叫"简"。

俄国人来了，吃的东西比较容易找到了。在简的健康状况恢复得比较好一点之前，他并不想走，因此他留下来，变成了他们的一个家庭成员。

一天，鲁思到附近的一个俄国人控制的哨所做了一次访问。她希望他们能帮助她寻找埃德克，并希望能得到些孩子们学习用的纸。

一星期之后的一天，鲁思忽然听到外边传来一阵扭打的声音。她跑出去一看，原来是简在攻击那个俄国人控制的哨所的哨兵。她扑了上去，抓住简的手腕，从他手里把刀打掉了。

那个哨兵走进地窖，他为孩子们带来了一大包打字纸和一捆铅笔，最让鲁思高兴的是，他带来了埃德克的消息：他在波森转运营。

正当鲁思高兴万分的时候，她看见简站在门口抽泣地哭着。原来哨兵伊凡压碎了他的小木盒。

当简把那些碎木片抱在胸前的时候，一样东西落到地上，鲁思认出了那是战前最后一年她父亲送给母亲的生日礼物。于是她也开始抽抽噎噎地哭了起来。

当布罗尼亚睡着的时候，鲁思和简一直谈到深夜，有关父亲的情况，她已经清楚了一些，现在她知道该做什么了！

清晨的时候，鲁思跑去看望伊凡，把情况向他作了解释，并向他要鞋子。

第二个星期，伊凡为每个孩子带来一双鞋子，并为简带来了一个既漂亮又干净的木盒子。

除了一天的干粮、两条毛毯、装着银剑的木盒子和公鸡以外，孩子们什么也没带，就踏上了前往波森的旅程。

一路上，他们有时搭车有时步行，第四天下午，他们终于到达波森。在那儿，鲁思被告知埃德克同其他肺病患者一起已被送到沃西营了。

当他们过了桥来到沃西营大门口时，天已经黑了下来。有人把他们领进了一间光线昏暗的大厅，那人告诉他们，埃德克已经跑掉了。

科利纳村位于波森以北，据说那里有个救济组织正在开展工作。鲁思、布罗尼亚和简也到了那儿的野战食堂。

喇叭一吹响，开始分饭了。简得到一碗汤和一块面包。当他刚想找个角落坐下来的时候，忽然被绊倒了，汤洒在地上，还可以认出里边有几块肉、面包和蔬菜。

看到泼出来的食物，原来排得整整齐齐的队伍散乱了，鲁思也被卷入当中。她被许多孩子压在下面，而且有个人的脚踩住了她的头发，以致她连头都扭不过来了。她看不见，盲目地瞎摸，却摸到一只手，于是便紧抓住不放。

当这场波涛平静下来时，简浑身青肿地从地上爬起来，他的小公鸡纹丝不动地躺在地上。而鲁思则惊喜地发现，她抓住的原来是埃德克的手。

波森火车站还有一些通往柏林的列车，鲁思一家就乘在这样一节敞篷车里，那里挤满了难民。随着夜幕降临，天也越来越冷了。难民们从地板上刮下来一些煤灰，在火车停下来时从外边拣来一点木头，于是就在车厢里燃起一堆火。难民们挤成一圈，边烤火边讲故事。

"要是你们也让我们几个烤烤火，我就给你们讲个更有劲的故事。"埃德克说。

人们为这家人让开了一条路。埃德克讲了起来。"我在私运干酪到华沙去的时候被抓住，被送到德国充当奴隶劳工。我逃跑过多次，终于在去年冬天逃跑成功了。我藏到一列火车底下，躲在一节牲畜车厢下边，手脚四肢伸开，躺在车轮轮轴上边。就在我几乎要坚持不住的时候，那列火车穿过一片泥潭，溅了我一身泥水，那些水把我冻成了一根冰柱。当列车终于开进一个车站时，我听到波兰人的说话声。我于是大叫起来，站长用斧子把我砍下来，用毯子包住我，几个钟头之后我才暖和过来。"

过了一会儿，故事逐渐枯竭，大家都静了下来。鲁思摸到埃德克的一只手，紧紧地握住了它，就仿佛她永远也不打算再把它放开了。

列车驶抵柏林的时候，已是5月底了。鲁思一家又饥饿，又没分到食物，就被领到不远的一处转运营。

路上，简突然从衬衫里拿出一长条大面包。对这，大家已不足为奇，简的手法一向很利索。

大家都跳上去抢那块面包，但简把面包高高地举在头顶，穿过马路跑到对面去了。突然响起一声汽车喇叭和尖锐刺耳的汽车紧急刹车声，一辆吉普车擦身而过，扯破了他的裤子，一个英国军官大声骂了他几句。双方很快就从各自的记忆中把这件事抹掉了，但没过多久，他们就将在一种奇特的情况下再次相遇。

孩子们在转运营安顿下来。第二天清晨，门口起了一场大骚乱，然后又安静下来。原来是一只黑猩猩从动物园里跑了出来，人们把它赶走了，而简也随之不见了。

那星期晚些时候，一个英国军官在给他妻子写信，他就是乘吉普车差点儿把简撞倒的那位军官。

"……星期三那天，我正跟司机一同坐在吉普车上研究地图，突然一只黑猩猩把我嘴上叼的烟抢到手中。我和吉姆连忙跳下车，黑猩猩就在司机座位上坐了下来，开始动手摆弄起汽车的操纵装置，要知道前面50码处有一个大炸弹坑，如果汽车跌下去，我就得承担责任。这时，一个孩子走到汽车前，他是个波兰人，名字叫简，不过这一点直到后来我才知道。他就是我在街口差点撞倒的那个孩子。他递给黑猩猩一根香烟和几根火柴，猩猩顺从地跟他下了车。后来我邀请简到我的住所吃饭，他又找来了另外三个波兰孩子，他们是要前往瑞士寻找他们父母的。我替他们搜集了一些衣服和部队口粮，第二天他们就又启程了。"

当鲁思一家来到美国占领区时，已是6月中旬。埃德克的身体仍不见好，于是他们暂时扎营休息，直到挣到足够的钱来给埃德克买双新鞋。

吃的东西是不缺的，有几次，简下工回家总能带回好吃的东西，埃德克决心要弄清这个秘密。

他跟踪简来到镇外一个道路平行交叉的地方。忽然间，他见简跟一个衣衫褴褛的青年碰了头，然后简飞快地沿铁路信号灯梯架跑去。远方传来火车的叫声，简马上用一把扳手和看上去像是一把钢丝钳的东西拼命干着什么，信号灯由绿色变成了红色。简转身急速离去。

埃德克一心想制止一次即将发生的不幸事故，然而当火车烟雾从他眼前消散时，一个美国兵正用一支左轮手枪对着他。埃德克因扰乱行车而被捕。这孩子承认曾使列车停了下来，但是否认企图洗劫列车的指控。由于没有抓到任何别的人，美国占领军格林伍德上尉对面前埃德克的案子感到迷惑不解。这时，鲁思将简带到了他面前。从简口中，上尉了解到简是为了养活鲁思、埃德克和布罗尼亚才去帮助抢劫犯的，这样他就可以获得一份食品。

格林伍德上尉无可奈何地翻了翻自己写字台前的文件，宣布埃德克无罪，简被监禁七天。

7月里的一天，孩子们来到了库尔特·沃尔夫农场。他们是天黑以后到达的，因不愿意去打扰房东，所以未经许可就睡进了仓库的干草堆里。

第二天一早，农场主沃尔夫就发现了他们，埃德克扼要地把他们是什么人，从哪儿来，到哪儿去以及为什么他们昨天躲进了干草堆等告诉了他。

沃尔夫十分宽容地接纳了孩子们。

简很快就和农民家的那条狗路德维格交上了朋友。一天，弗劳·沃尔夫——农民的妻子，对简说："简，你愿意留在这儿吗？"

"是的，我愿意，但那把剑是不会让我留在这儿的。"

"什么剑？"弗劳·沃尔夫说。

简只好拿出那把小银剑，告诉她那把剑的全部经历。后来，他把那把剑放到了壁炉台上。

第二天，埃德克和简正在一起把干草整理成堆，这时一辆吉普车的车胎爆炸了，汽车停在了两棵大树中间。

埃德克跑去帮司机检查了吉普车的损坏情况，并帮他换上了备用轮胎。这时，埃德克才发现那人原来是镇长，他正在执行一条训令，就是要兜捕这一地区所有的波兰人和乌克兰难民，并用美军卡车将他们遣送回乡。这正是鲁思一家极力躲避的。

埃德克不很担心，因为他的德语是经得住大多数考验的。可就在这时，简从树后出现了。车轮装上了，那人正准备开车，布罗尼亚突然跑来，对他们说起波兰话。奇怪的是，那人并没有注意，只是大大地谢了孩子们的帮助，然后把车开走了。

　　一天早晨，那个农民正在厨房水槽旁边洗着脸上的污垢，镇长来了。"你这儿窝藏着波兰孩子，他们必须像其余的人一样回乡去。"镇长把那天在路上的经历告诉了他。

　　那个农民只好叫来埃德克和其他孩子。他们给镇长讲了他们的经历，并给他看了那把小银剑，但镇长丝毫没有改变他的决定。"有辆卡车明天中午12点来接你们。我警告你们不要企图逃跑。你们知道，只有一条道路，而且有巡逻岗哨守卫。丛林里也在巡逻，而且美国人可能见人就开枪。"他说完就走了。

　　整个下午，沃尔夫都在绞尽脑汁地考虑如何让鲁思一家人安全离开。最后，主意还是被他想出来了。

　　他把孩子们带上顶楼，从那儿取出两只旧的帆布包，并把它们拿到院子里。

　　帆布包被打开了，农民先拿出来一些棍棒，还有一些金属钩子，他把这些东西接合到一起，就装成了两只小皮筏子。

　　"你们当中有谁曾划过皮筏子吗?"他问道。

　　"我们划过。"鲁思和埃德克两人一起说道。

　　那个农民仔细地修理了船桨和船底的漏缝。

　　凌晨3点钟之后不久，四个睡眼惺忪的年轻人就被装上拖车，朝河边驶去。当他们全上了皮筏子，他们所有的少量行李也安全地装好时，那个农民又给了他们最后的一些指导。

　　两只船上的孩子挥动着他们的船桨，那个农民把两只筏子轻轻一推，他们便向中流驶去。

　　眼下他们已经处于湍流的支配之中。

　　突然，鲁思听到后面筏子中简的叫喊声，原来不知什么时候，路德维格也偷偷地乘上了小船。

两只皮筏子并排地疾驶着。两岸满是房屋，而且左岸的一块空地上，还密密麻麻地排着许多卡车。想必这些就是遣送波兰难民的汽车吧。

"当心撞到桥上。"埃德克说。

他和简像箭一样从三座拱桥桥孔的当中一个冲了出去。鲁思成直角对准右手的桥孔，徐徐划了过去。由于过分靠右，鲁思就陷在河水的缓流中了，她只好听任皮筏子的舷侧抵着拱桥桥基漂浮。

这时有个人叫喊起来，是个美国兵，他的影子在水面上俯身探了过来。鲁思发狂似的划着桨，想要离开桥基边的缓流。最后，她猛地在桥洞石头上一推，皮筏终于摆脱开了。可那个美国兵已经爬了下来，跳进了河边浅水中，紧紧地抓住了鲁思的船桨。

鲁思猛一松手，皮筏子便从桥底疾射而出。现在没有了桨，只能凭湍流的支配了。当她们转了个弯时，皮筏子就冲向了右岸，在那儿搁浅了。鲁思姐妹下了皮筏子，在一块岩石边坐了下来。

天渐渐亮起来了，布罗尼亚发现有一根棍棒样的东西顺流漂下，那正是她们的那只桨。这确实太走运了。

她们重新坐进皮筏子。河水越流越快，巨浪掀起的浪花飞溅到她们脸上，布罗尼亚闭上双眼，紧紧抱住姐姐的腰。鲁思并没有惊慌失措。她敏捷地用桨拨正航向，避开有暗礁激起白色碎浪的地方，始终朝着开阔的水面划去。

很快地，河面宽阔了起来，现在仿佛可以不用桨了。鲁思向后躺下身子，打起瞌睡来。

不知过了多久，一种摩擦、撕裂的响声使她清醒过来，她发现她们又一次搁浅了。鲁思姐妹只好跨出皮筏子，向海岸走去。

真巧，她们在那儿与同样触礁搁浅的埃德克和简相会了。

三天以后，他们步行来到了距康斯坦斯湖八十多英里的地方，瑞士就在湖对岸的远处。他们宿了营，简决定把盒子打开，从而肯定一下他的宝贝全都安然无恙。突然，他跳了起来："那把银剑丢了，有人把它偷去了。"鲁思仔细回想了一下，她最后一次看到那把剑的情况，说："一定是把它忘在沃尔夫家的壁炉架上了。"简暂时停止了发火。

埃德克的病越来越重了，胸部的疼痛也越来越严重。"要是我没有那把剑，他就会死掉。"简说。"而且，我们也永远找不到你们的爸爸了。他给了我那把剑，那是我们的向导和生命线。没有它，我们什么也做不到。"他说得那么肯定，以致她差不多相信了他。

第二天鲁思醒过来时，发现简和路德维格已不见了。她想去追简，但她还有更紧迫的责任要承担。鲁思叫布罗尼亚站在大路边，一看到第一个过路人，就让他停下来。

过了好一会儿，布罗尼亚才截下一辆卡车。下来的是个美国兵，但他竟然用波兰话跟她说话。

"你也是从波兰来的吗？"布罗尼亚问道。

"不完全是，我的父母是波兰人，但我本人是美国人，"那个人说，"我叫乔·沃尔斯基，你有什么麻烦事儿呀？小姐。"

乔答应帮助孩子们，布罗尼亚便将鲁思和埃德克带到了乔跟前。

孩子们挤进卡车前座，坐在乔的旁边，于是他们就乘车嘎吱嘎吱地开往瑞士了。

过了一会儿，布罗尼亚问："卡车后面装的是什么，乔？"

"那儿有一只熊和一只鬣狗。"乔说。

"简会喜欢的。"接着布罗尼亚把有关简的一切全告诉了他。

乔说："我也结识过一个这样的小家伙。那天，我正在卡车后边睡觉，醒来时发现一个小男孩，他偷偷离开了他的伙伴，要我把他带到多瑙河北边的一个村庄去。我把那个村庄名忘记了，我并不打算到北边去。我告诉他不要抛开他的伙伴们，可他发疯般地踢我、骂我。我就把他捆起来放在了卡车后边。"

说完，乔把汽车停在路边，然后把鲁思和布罗尼亚带到车后。原来正是简和路德维格待在那儿！

简被松开绳子后，仍不住地又踢又咬，乔只好又将他捆住。车子继续向前开去。

他们就这样旅行了60英里，来到了康斯坦斯湖，刚好把车开到了红十字营的大门口。

费了好大劲儿，红十字营才答应收容这一家人，因为难民太多，而且瑞士当局不能再收容难民了，除非在那个国家有亲戚愿意为他们负起责任来，这就需要某种确切的身份证明。

鲁思认为，那把剑有助于证明他们是什么人，于是她立刻给那个农民写了信，并向国际寻人服务部查询外公外婆的地址。

当月晚些的时候，营负责人把鲁思叫到了办公室，让她描述了那把剑，并又一次叙述了曲折的历险故事之后，他把写字台上放的一个小小的棕色纸包打了开来。里面有两封揉皱了的信——还有那把银剑。信，一封是沃尔夫寄出的，一封是她父亲写的。这真让鲁思喜出望外。

原来在他们离开的那一天，沃尔夫就发现了那把剑，而且立刻写了封信，连同剑一起送到了国际寻人服务部。父亲约瑟夫·贝利茨基也给国际寻人服务部写了封信，描述了他的孩子们及他到达瑞士的经历，其中还包括遇到简和他怎样将那把剑送给简的情况。

接着，那个负责人又交给鲁思一封电报。

"23日，米尔斯伯格，下午班船，接孩子们。若可能，今夜与鲁思通话。"

23日早晨，鲁思和父亲通了话，但线路糟透了，几乎什么也听不清。现在，他们要乘的那条瑞士船要再过好几小时才开，但这一家人早已不耐烦了。他们走到湖边，决定跨过一条干旱的小河到那边岬角上去，以便能一眼就看见瑞士对岸驶过来的那艘船。埃德克身体不好，鲁思就让他留在一只在岸边停着的船上。

当他们朝岬角走去时，突然响起一声炸雷，接着是一连串的闪电，他们遇到了被称为1945年反常的暴风雨。

大雨瓢泼般地倾泻下来，使孩子们都不知道自己在哪里了。原来他们毫不费力就跨过的涓涓细流已变成了狂怒的河水，埃德克一定就在河对面。可是，那条埃德克可以躲雨的小船却不见了踪影。河水正在不断升高。

"简跑到哪儿去了？"布罗尼亚气喘吁吁地说。

"他到哪儿去了我全不在乎，"鲁思抱怨地说，"我告诉他跟我们待在一起，可他却去追赶路德维格去了。"

"简在悬崖背后。"布罗尼亚说。

鲁思转过身去，"简，你在上边看得见他吗？"鲁思大声喊着说。

"它从我的胳膊里挣脱出去跑掉了。"简喊着，朝内陆张望。

"我说的是埃德克——你能看见他那条小船吗？"

但是简没有回答。他正在想着那条狗。鲁思朝他跑去，因为简这样自私，她真想挥拳打他个稀巴烂。

"我想我看到埃德克的船在湖心——它漂到几英里外去啦！"这时布罗尼亚呼叫起来。

鲁思恐惧地望着波浪间的那个小黑点，直觉告诉她，那就是埃德克坐的船。这时，布罗尼亚远远地望见一条小划艇被河水冲下来了。鲁思立即跳上去，抓住那船。要不是简过来帮忙，鲁思恐怕就要被那条船一起带走了。

"走开，去找你的狗去吧，你从来没有关心过我们，你所想的一切就是你那条神圣的畜生。没有你，我和布罗尼亚也能去救埃德克。"鲁思严厉地说。

简紧盯着那条狗。那条狗正来回兜着圈子，吓得发了疯，突然它又朝内陆跑去。

这对简来说是个痛苦的时刻，但鲁思的话刺伤了他。他以极大的意志力把路德维格从自己脑海里甩开，转向了他的朋友们。在下定决心的那一瞬间，简成熟了。

小船一下子卷进了河水，朝湖心驶去。

当鲁思苏醒过来时，天已经黑了，她获救了。鲁思只隐隐约约地听到人们的说话声，头脑里一片空白，又昏了过去。

当她再次醒过来时，她喊叫起来："埃德克！布罗尼亚！简！"

突然间，从人群后边传来了深沉的应答声，"埃德克！布罗尼亚！简！"那是父亲的声音！

当她再一次醒过来时，父亲抱起她去看了正好好睡着的布罗尼亚和埃德克，只有简一人在床边坐着，是他救了埃德克！

最令鲁思惊喜的是，在另外一个小房间里，她见到了妈妈！妈妈被纳粹抓走后，一直被关在集中营里，直到约瑟夫通过红十字会追查，耐心搜寻了好几个月才找到。妈妈老了，但鲁思看到的只有母亲脸上的快乐和幸福。

这时简走了进来，他说他的宝贝盒子丢了，当时他只顾忙着救埃德克了。

"可那把剑呢？我把剑交还给你了，我看见你把它放进盒子……"

"啊，那把剑，"简望着约瑟夫说，"要是我把它丢了，那我们就永远也不能再找到你了。"

简露出胸膛，在那儿有根绳子套在脖子上，绳上就挂着那柄银剑。他把剑解下来，交给了鲁思的妈妈。"这是我所有宝贝中最珍贵的，要是您做我的妈妈，您就可以把它永远保存起来。"

不久以后，在瑞士阿彭泽尔州一个光秃秃的山麓上，建起了一个国际儿童村，它是世界上这类村庄中最早的一个。贝利茨基夫妇被选为波兰人住宅中的"家庭之父"和"家庭之母"。

孩子们当中，布罗尼亚是最快平静下来的。

埃德克起初由于病重被送进疗养院，但过了18个月之后，他就回到自己家中。又过了六个月的户外生活，他就能适应到苏黎世去学习工程技术了。他过去总希望能当一名工程师。

简在战争中受到的精神创伤比他的躯体受到的痛苦更大，所以他的恢复需要很长时间。鲁思根据简的天性，通过小动物打开了通向他心灵的道路。就这样，简终于成长起来了。

最后是鲁思，她始终那样勇敢、聪明、大公无私。1951年她取得苏黎世大学的学位，成为一名合格的教师，后来跟一个曾到儿童村工作过的年轻法国人结了婚。当第二批法国住房建成时，她和她丈夫就当了"家庭父母。"

而在另一头的波兰之家里，在一个放有丝绒镶边的珠宝盒子的抽屉里，玛格丽特·贝利茨基一直保存着她那最值得骄傲的宝贝——银剑。

（艾力　缩写）

蓝色的海豚岛

〔美国〕斯·奥台尔　原著

我叫卡拉娜，是印第安人，我同我们部落的人生活在太平洋上一个孤零零的岛上，我们都把这个岛叫海豚岛。我们的岛有六英里长，三英里宽，假如你站在岛中央耸起的一个小山上，你会认为它像一条侧躺的海豚，尾巴指向日出的地方，鼻子朝着日落的地方，它的鳍就是暗礁和沿岸的石壁。我们的海里聚居着许多海豚，我们的岛也正由此而得名吧。

这里的山都是光秃秃的，树干低矮盘曲，这是由于这里总刮大风的缘故。

海岛三面都是宽阔的海草区，从岛边一直延伸到三英里开外的海面上。

阿留申人驾船来到我们岛那天的情形我还记得。

我和弟弟拉莫正在春天的峡谷口挖野菜，看见一艘红帆船从茫茫晨雾里驶来。当我把篮子装满野菜的时候，阿留申人的船已经绕过我们岛四周宽大的海草区，来到守卫珊瑚湾的两块大礁石之间。阿留申人到来的消息已经传到了我们卡拉斯——阿特村，村里的男人已经拿着武器沿着弯曲的小道飞快地奔向海岸，村里的妇女则聚集在方山边上。

我来到海边的峭壁上面，蹲下身子趴在那里。我的下面就是海湾，我可以看清、听明下面的事情。

大红帆船放下一只小船，小船上有六个男人划着长桨，还有一个黄胡子大汉站在小船上，这个人叉开两腿站在那里，手背在腰后，眼睛盯在小海港上，好像海港已经是属于他的了。

小船划上岸以后，那个黄胡子大汉跳下船来哇哇乱叫，他的话跟我听到过的语言都不一样，但我确信他是俄国人，因为父亲给我讲过俄国人的事。

黄胡子大汉的声音在海湾的石壁上回荡一会儿后，他开始用我们的话慢慢地讲了起来。

"我是为和平而来的，并希望同你们进行谈判。"他对岸上的男人说。

我父亲走下倾斜的海滩，把镖枪插进了沙里。

"我是卡拉斯——阿特村的头人，"他说，"我叫科威格头人。"

他向陌生人吐露真名实姓，使我感到很吃惊。在我们部落里，人人都有两个名字，真正的名字是秘密的，很少使用，还有一个是普通的名字。正如人家都叫我"王——阿——巴——勒"，意思是头发又黑又长的姑娘，我的秘密名字却是卡拉娜。我不知道此时我父亲为什么要向一个陌生人说出自己秘密的名字。

这个俄国人自称是奥罗夫船长。他说他带来40个人来猎捕海獭，希望能在我们岛上扎营，并说不像上次米特雷夫船长他们来时全部的活都让我们干，这次什么也不要我们干，分成是三分之一归我们，用东西抵偿。

"应该对半分才是。"我父亲说。

奥罗夫船长把目光移向随时都有可能卷起风暴的大海。"等我们把给养安全运上岸以后再谈吧。"他回答说。

在我父亲据理力争之下，也迫于我们人多势众，奥罗夫船长忽然露出了一口长牙，微笑起来。

"那就对半分吧。"他说。

于是阿留申人那天上午从船上到珊瑚湾海滩来回跑了好几趟，把东西搬到了地势较高的地方。

阿留申人的活动都在我们的监视之下，他们吃的是什么，怎样烹调的，每天杀死多少海獭以及别的一些事情我们都很清楚。

但是阿留申人也监视着我们。比如说在一个狂风暴雨的下午，我们捕到了一些在这个季节很难捕到的白鲈鱼，这些鱼够我们部落所有人当天晚上和第二天晚上饱餐两顿用，可是第二天早上两个阿留申人来到我们村子，要求同我父亲讲话。

"你们有鱼。"其中一个说。

"只够我的人吃。"我父亲回答说。

"你们有14条鱼。"阿留申人说。

"现在只有7条了，我们吃掉了7条。"

"七条里你们能节省下两条来"。

"你们是猎人，"我父亲说，"要是你们吃腻了你们带来的东西，尽可以自己去捕鱼，我得为我们的人着想。"

"我们得告诉奥罗夫船长，你拒绝我们分享鲈鱼。"

"好吧，你们去告诉他吧，"我父亲说，"不过也要提提我们拒绝的缘故。"

两个阿留申人走了。

那天晚上我们吃掉了余下的白鲈鱼，大家都很高兴。我们还不知道当我们吃着鱼，唱着歌，围着火听老年人讲故事的时候，我们的好运即将给卡拉斯——阿特带来不幸。

阿留申人大量地捕杀，海滩上满地都是剥去皮的海獭，海水都让血染红了。

这样一个多星期过去了，从阿留申人的迹象看，他们准备离开海岛了。我们担心他们会不会拿东西来换我们该得到的一半海獭皮？会不会趁着夜色偷偷溜走？我们的人是不是一定要用武力来取得我们应得的一份？

阿留申人是在一个阴天离开的，北部深海掀起的波浪向海豚岛滚滚而来，这些波涛在岩石上撞得粉碎，连吼带叫冲进了岩洞，白色的水花高高溅起。天黑之前，肯定有一场暴风雨。

破晓后不久，他们就要走了，奥罗夫船长没有拿东西偿付我父亲应得的海獭皮。

部落里的人都离开坐落在小方山东边的我们的卡拉斯——阿特村，急急忙忙朝珊瑚湾奔去。男人们手里拿武器走在前头，妇女们紧紧跟上。男人们走下通向海湾的小路，妇女们隐藏在峭壁上的灌木丛中，我仍隐藏在猎人们刚来时我藏的那个岬角上。

我看见我父亲正在和奥罗夫船长谈话，由于猎人们的吵闹声，我听不清他们说什么，不多时，我看见从船上搬下来一口黑箱子，奥罗夫船长从里面抽出几个项圈。

我父亲摇了摇头，在箱子前背过身去。我们的人向前移动了几步，站在那里看我父亲的眼色行事。猎人们也停止了吵闹。

“一张海獭皮换一串珠子这种交易我们不干。”我父亲说。

“一串珠子再加一个铁镖枪头。”奥罗夫船长举起两只手指头说。

“这个箱子不可能装那么多，”我父亲回答说，“船上有105包海獭毛皮，海湾这里还有15包，你还需要拿三口这样大小的箱子。”

奥罗夫船长对他手下的人说了些我不懂的话。于是那些猎人就动手把海獭皮往小船上搬。

当第一个猎人经过我父亲面前时，我父亲上前把他挡住了。

“其余的毛皮说什么也得留下，”他面对奥罗夫船长说，“把箱子送来才能拿走。”

奥罗夫船长直僵僵地挺起身子，指指正在朝岛上吹来的云朵：

“我要在暴风雨到来以前把货装好。”

“给我们另外几口箱子之后，我会用我们的独木舟帮你装货。”我父亲回答说。

奥罗夫船长不吭声，他的眼睛在朝海湾周围慢慢扫视。他看了看我们站在十几步开外岩石岬角上的人，他又打量一下峭壁上的人，这才把眼光收回来看我父亲，这时他又对手下的阿留申人讲了几句话。

我不知道谁先动手，是我父亲先举起手拦阻猎人，还是那个背包的猎人先往前冲，把我父亲推到一边。这些都突如其来，我简直分不清楚，我蹦了起来，峭壁四周也响起一阵响声，与此同时我只见礁石上有一个人躺了下来，那是我父亲，满脸鲜血，他正在慢慢地站起身来。

我们的人举起镖枪冲下了岬角。大船甲板上冒出一股白烟。一个强烈的响声在峭壁上回荡。我们五个战士倒在地上一动不动，我们其他的几个战士冲上去把几个猎人按倒在地，打得难解难分。

阿留申人扔下海獭皮包，从腰里拔出了刀子，我们的战士也向他们冲了上去，于是两边的人在海滩上轮番地冲来杀去，有些人倒在沙子上，又爬起来重新厮杀，还有一些人倒下去了再也没有爬起来。我父亲就是其中之一。

过了好一阵子，我们的战士被迫退到峭壁上，剩下的人已经不多，但他们还在小路口继续战斗，不愿后退。

这时风刮了起来。奥罗夫船长和阿留申人忽然掉头向小船奔去，猎人们上了大船，扬起了红帆，大船在守卫海湾的两块礁石之间开始慢慢移动。

大船消逝以前甲板上又升起一股白烟。我们在暴风雨中奔跑，瓢泼大雨扑打着我们的脸。我们的哭喊声高过了风声。

父亲躺在沙滩上，波涛已在冲刷着他。

那天晚上是卡拉斯——阿特村上所有人记忆中最可怕的时刻。全部落的42个男人只剩下15个，全村妇女没有一个不失去父亲、丈夫、兄弟或儿子的。

我们以后的日子很不好过，妇女承担了许多男人们的活计，我们也十分怀念死去的人，落在我们心上的负担要比落在我们肩上的负担沉重得多。

春夏秋冬过了一年，接替我父亲的克姆基安顿好了我们之后，就带足备品，划着一只大独木舟，只身去遥远的东方给我们找另一个安身之处去了。

我们焦渴地盼望着克姆基的归来，春来春去，大海上依旧空无帆影。

终于有一天，一艘白人的大船专程来接我们了，我们不免对要去的地方有些担心，不过心里还是很高兴。

我把想要带走的东西塞满了两只篮子，就兴高采烈地和村人一同上船。当时狂风猛烈地刮着，波浪滔天，大船无法靠岸，我们吃力地划小船，上了大船。

船帆已经张满，大船正在缓缓移动开去。

可就在这时，我发现我弟弟拉莫不见了。甲板上拥挤不堪，简直无法走动，我从甲板一头挤到另一头，不断喊叫他的名字。我吓坏了，我猜想他是不是回去取落下的镖枪去了。

我还在喊我那淘气的弟弟的名字，忽然有人指着岛上喊道："拉莫！"

我往海边一看，那里不正是拉莫吗？高举着捕鱼的镖枪，在沿着峭壁奔跑。

我一边大声地呼喊着拉莫的名字，一边跑到开船的白人面前，请求他停船，可是他无奈地摇了摇头。

我们的新头人马塔赛普抓住了我的胳膊，"我们不能等拉莫了，再等的话，大船就会撞到岩石上去的。"

"要等他！"我声嘶力竭地叫喊，"要等等他呀！"

可是我的声音淹没在咆哮的风浪声中。

拉莫正向海滩跑来。

船速已经加快。开始绕过海草区，径直向东方驶去。

我猛地尖叫起来，三脚两步跨过甲板，尽管许多手向我伸来，想把我拉回去，我还是一头栽进了海里。

一个浪头盖过了我的头顶，等我从水里冒出来，透过浪花只能看到半片帆影。

浪头一个个打来，大风不停地吼叫着。尽管我游泳还算可以，但此刻我也不得不扔下装着我全部家当的篮子，奋力向岸边游去。

我一边吃力地往岸上游，一边在反复考虑着到了岸上如何处罚拉莫。可是当我脚触到沙子，看见他站在浪边，手拿着他的镖枪，一副失魂落魄的样子，我把原先的打算忘得干干净净，反而跪在沙子上，把他紧紧搂在怀里。

船已经无影无踪。

"船什么时候回来？"拉莫眼里噙满了泪水问道。

"很快就回来。"我说。

我和拉莫回到了村子。村子里能吃的东西已被野狗洗劫尽了。我就到峭壁上搜集了一些海鸥蛋，拉莫用镖枪叉了一串小鱼，凑上我在峡谷里采集的谷种，我们吃了一顿还算丰盛的晚饭。

那天晚上成群的野狗又来了。它们被鱼的香味所吸引，坐在小山上狂吠噪叫，我透过火光看见闪烁在它们眼睛里的寒光。

就这样，我和弟弟孤零零地在岛上过着时光。在这艰苦的条件下，拉莫还是那么调皮，想要自己乘大独木舟去打鱼，畅想自己成了卡拉斯——阿特村的头人。

可是有一天早晨，当我醒来时，发现拉莫不在了，他天不亮就独自走了。

我吓坏了。他以前说过他要乘独木舟下海的。他这么个小孩要做这件事是很危险的。

我急忙去追赶，可是到了海边却不见拉莫的踪影。我返回去，找遍了他可能去的地方，也没找到他。一个上午过去了，最后我沿着一条崎岖的小路一边向上跑一边叫他的名字。听不到他的回答，传来的却是一阵阵的狗叫声。

我爬到沙丘顶上，看见离沙丘不远，靠近峭壁的地方，有好多条狗正围成一个圆圈打转。

圆圈中间仰天躺着一个人，我断定那就是拉莫。

我拼命地跑过去，冲散了野狗，把弟弟抱了起来，他的喉咙上面有很深的伤痕，身上还有野狗咬过的牙齿印。

我发现，拉莫已经死了。已经死了很长时间。

离他不远，地上还躺着两条狗，一只狗肚子上还插着折断的镖枪。

过度的悲痛，我已忘记了哭泣。我把弟弟抱回村子，野狗一路跟着我，我把弟弟安放在草屋之后，手拿木棒出来了，我一步步地走向野狗，野狗一步步地退却了。

整个晚上我都坐在弟弟的尸体旁边，已是泣不成声，我发誓总有一天我会把野狗都杀光。

现在，整个蓝色的海豚岛上只剩下我孤孤单单地一个人了。

在一个浓雾弥漫的早晨，远处传来波涛拍岸的声音，整个村子却沉入了从来都没有过的安静。雾在空无一人的屋里回荡，飘动的雾形成各种各样模糊的人影，使我想起所有死去的人和离去的人。波涛拍岸的响声也仿佛就是他们在絮絮讲话。

睹物思人，难忘往昔。生活在这个村子里我实在承受不了这份悲痛。

于是我决定搬到珊瑚湾西部的一个高地上。在离开村子之前，我把所有的草屋都一一点着，只留下一堆灰烬作为这里曾经是卡拉斯——阿特村的标志。

高地上有一块大岩石和两棵生长不良的树，岩石后面是一块约有10步宽没有杂树乱草的空地，风吹不着，还能从这里看到港湾和大海。我决定在这里一直住到大船回来。

吃的，住的，我都安排停当，我想我还必须有几件武器，用它来防御敌人，特别是那些成群的野狗，它们经常出没。

我找遍了可能遗留下武器的地方，但最终还是一无所获。

于是我决定亲自制造武器，尽管卡拉斯——阿特村有禁止妇女制造武器的法律，打破约定俗成的例律是要经过激烈的思想斗争的，为这事儿我思考了好几天。

我打算用海象牙做镖枪头，因为它很坚硬，形状也正合适。但是我没有杀死海象的武器，再说捕捉到一只海象至少也要三个身强力壮的人不可。

我只能用树根代替，把它削尖，放在火里烤硬，我又用石头砸死一只海豹，用海豹绿色的皮筋把尖尖的树根绑在一根长杆子上，一根简简单单的镖枪就这样做成了。

制造弓箭就非常不容易了。幸好我有一根弓弦，可是找一根能够弄弯而又有适当弹力的木头就花掉了我好几天时间。做弓箭我失败了很多次，但最后总算做成了一个勉强能用的弓箭。

武器做好以后，无论走到哪里，只要带着它，我心里就踏实。

我每晚都躺在高高的岩石上，感觉安全多了。

每当曙光刚在海面上铺开，我头一眼总要朝珊瑚湾的小港口看看，看看白人的船有没有来。可是就这样盼望着，盼望着，大船始终没有来。

一个冬天过去了。

一个春天也过去了。

夏天是蓝色的海豚岛最好的季节，太阳暖洋洋的，海风和暖地吹拂着。船可能在这样的日子回来。我的目光时常朝我们部落远渡茫茫大海而去的东方眺望。

冬天的第一场暴风雨破灭了我的希望。大船要接我也只好等到冬天过去气候好的时候了。

太阳从海里升起，又慢慢地回到海里，就这样日复一日。我心里充满了孤独，真正的孤独。

第一场暴风雨整整喧嚣了五天，暴风雨过后，我决定自己划独木舟到东方去。

我从停放在紧靠峭壁的四条独木舟中选了一条最小的，我想尽办法，吃力地把很重的小舟拉下水，带上两篓泉水和许多吃的东西，以及心爱的镖枪和弓箭，我出发了。

我的祖先是划着独木舟从遥远的地方而来，克姆基不是也渡过大海了吗？路途上不管是有多大的险阻，也比我一人孤苦伶仃住在岛上没有家、没有同伴，还要受野狗追逐好得多。

我迎着风浪，奋力划桨，黄昏时候，蓝色的海豚岛就已在我的目光中消逝了。

现在，我周围是有水的山，水的峡谷。我在浪谷里时，什么也看不见；独木舟从浪谷里冒出来时，看见的只是一望无际的海洋。

夜幕降临，涛声依旧，我凭着星星辨别着方向，继续前行。

糟糕的事发生了，独木舟开始漏水。

我把装食物的篮子倒出一只，往外舀水。之后把裙子撕下一大块，团了团塞住船的裂缝，把水堵住。

风消了，太阳从波涛里跳了出来，我沿着朝阳向海面上铺出的一条光带划去。

独木舟又开始漏水。

我又用篮子舀水，又撕下裙摆堵水。我发现有两块船板已经很脆，我清楚地意识到，再继续向前是很危险的。

　　我疲倦地放下桨，独木舟在海面上任意漂泊。我的这次航行要白费了。

　　我不得不返回那个荒岛，我没有别的选择。我掉转了船头。

　　不停地划桨、不停地舀水。我又回到了蓝色的海豚岛，我踉跄地爬上沙滩，抱着沙子躺了好久。我太疲倦了。

　　海豚岛就是我的家，我哪儿也不去了。

　　我决定动手再造一个新家。选择好了房址，备足了材料，用了整整一个冬天，新房建成了。在新房周围，我建了结实的篱笆，这样野狗就不会来袭击我了。

　　有了舒适的住处，我该考虑对付野狗了。

　　我又做了一个比原来更好的弓箭，也琢磨着去弄海象的长牙来做一个很好的镖枪尖。

　　机会终于找到了，有一天我拿着弓箭去海滩射海象，却意外地看了一场海象大战。一只海象战死。第二天，这只死海象的肉就被海鸥衔个精光，我找到了海象牙，制成四个镖枪尖，于是安了两支漂亮的镖枪。做好了同野狗开战的准备。

　　我带上武器来到了野狗呆的一个山洞旁。在山洞口点燃了一堆火熏烤它们。我躲在旁边平心静气，等待它们出来，把箭瞄准洞口。

　　柴火燃尽了，从洞里陆续地跑出来十几条狗，可是没有那条脖子上毛很长、有一对黄眼睛的带头的大灰狗。

　　我还在等待着。

　　那只带头的狗出来了。

　　我拉紧了弓。

　　大灰狗跳过柴灰，站在洞口，嗅着空气。它面朝我的方向，叉开两条前腿，仿佛准备跳过来。

就在这时，我猛地将箭射了过去。

箭一下子就射中了它的胸膛。它挣扎了一下，就倒下了，可不知道它死没死，就又补了一箭，可惜这一箭没有射中。

又有几条狗跑了出来，我射死了其中的两条，其他的狗都被冲散了。我带着两根镖枪，来到大灰狗倒下的地方，可是它不见了，趁我射其他狗时，它逃走了。我猜测它走不多远，因为它受了重伤。

天快黑了，我沿小山脚下走回峭壁。在这条野狗经常出现的小路上没走多远，就看到一根断箭杆。再往前一点儿，地上有很不均匀的野狗脚印，我跟着脚印走到峭壁那里，但天已经太黑了，看不见踪迹了。

一连两天的大雨停后，我在岩石边上尽头的地方发现了大灰狗，剩下的断箭还插在它的胸口上，它用一条腿垫在身下躺着。它还没有死。

我搭上箭，对准它的头拉紧弓弦。

可是箭没有射出去。就这样，我拉着满弓站立了好久。大灰狗躺在那里一动不动。

我为什么要和这无能为力者较量呢？

我走向前去，把奄奄一息的狗抱了起来，吃力地弄到高地上，我尽力地使大灰狗活了下来，并且给他取了个名字——朗图。时间长了，我昔日的敌人，却成了我的朋友，朗图陪伴着我，减少了我的许多寂寞，并且朗图也帮我解决了很大的问题。有一次它和野狗群战得相当激烈，把野狗群咬得一败涂地，尽管朗图也受了很大的伤，但它咬死了野狗群的头领，野狗群从此分成两帮，以后就再也没回到我所住的高地上，我不用再担心野狗对我的威胁了。

那年春天和夏天，白人的船还是没有来。我担心阿留申人如果来了该怎么办？那样我就只好逃走了，于是我改小了独木舟，把它修得很牢固。

独木舟变小了，用起来就很灵便，我划着它在海豚岛周围划翔游玩，无意中我发现了章鱼。章鱼是海里最好吃的鱼类之一，可是捕捉到它也相当困难，但是我还是想有朝一日，我要捕捉章鱼。

又是一年的夏季。

我特制了一个插章鱼的镖枪，就乘舟出海，很快就发现了一条渴盼已久的大章鱼。我把镖枪投向大章鱼的头，章鱼四周立刻冒出一团乌黑的浊水，不一会儿，我感觉一头系在带钩的镖枪头上的绳子正在拉紧，我把绳子的另一头拴在腰部，把脚牢牢撑住小船，身体向后倾斜着。

章鱼拉着小船向前游去。前面的近海处有一块礁石，礁石旁有一条沙带，到了浅海处，我下了船站在齐膝深的海水里，逐渐把章鱼往上拉，章鱼滑上了沙带，它在水里的威力迅速消失了。但在陆地上章鱼也可以伤着你，因为它十分强壮，不可能很快就死。

大章鱼挥舞它的长臂，拼命挣扎，我用刀子砍掉了它一条长臂，但又有一条长臂抽在我的腿上，火辣辣的，我把刀插进它的身体，一次又一次的捅下去。

章鱼终于瘫软在地。但我已无力把它拖到岸上去了。

在那以后不久，我又采集了两独木舟鲍鱼，作为冬贮食物。

就这样，春夏秋冬循环了好几次，在那几年中，阿留申人来过一次，我藏了起来，可是被一个阿留申女孩发现了，幸好她没有告诉他们的人，并且和我很融洽地交往了好几天，她走的时候，我们还相互赠送了礼物。

我一直怀念这个叫徒托克的好姑娘。

在那几年中，海豚岛发生了一次地震，险些夺去我的生命。但地震造成的破坏不大，以后，我又很好地生活了几年。

一个夏末，陪伴我多年的朗图死了，我悲痛地把它埋葬在高地上，我采集了一堆美丽的卵石，覆盖在我为它精心建造的墓地上。

之后，我很太平地度过了两年，在我们的部落东迁的第18个年头的一天，我惊讶地发现天地之间的海面上有一张帆，在向海豚岛飘来。

白人来了。

那天早晨到处充满阳光。我不必考虑穿洋过海还要做些什么，不必考虑白人在海的那边做些什么，也不必考虑如何重逢久别的亲人，更不必去心酸地回想过去。我就要离开海豚岛了，欢欣和依恋复杂地交织着，我的泪水在阳光下晶莹地滑落下来。

白人是来捕海獭的，那天一只也没看见。我知道海獭都到高礁石那里去了，但经过以前的捕杀，现在已剩不多了。我看着他们的捕杀海獭的武器，没有把海獭的聚集地指点给他们。

我问白人，他们多年以前载我们的人走的那艘船的情况，问他们为什么后来没来接我们。可是白人听不懂我的话，直到后来看到了冈热勒斯神父，我才从他那里知道，那艘船在一次风暴中沉没了，没有人知道海豚岛上还有人生活着，所以才一直没有人到岛上接我。

那是一个晴空万里、风平浪静的早晨，我随同白人的船只就要到东方去了，我站在甲板上，回头朝着蓝色的海豚岛看了很久很久，深情地望了一眼我居住多年的岛上的高地。我想起了拉莫，想起了朗图，想起了18年前海滩上惨痛的一幕，想起了许多许多……

海豚从海里浮起来，在船前面游来游去，它们在早晨总要穿过清澈的海水远游很多里程，一路编织水泡美丽的图案。

再见了，无忧无虑的海豚！

再见了，蓝色的海豚岛！

（孙天纬　缩写）

"月光号"的沉没

〔美国〕福克斯　原著

　　我叫杰西·波里尔,我家住在一幢年久失修的房子里。即使在有阳光的日子里,我只消把手往墙上一按,就会有一股水流顺着墙不断地往地板上淌。房间里的这种潮气经常使我的妹妹伯迪咳嗽不止,那声音就像狗打架时的吠叫声一样刺耳。在这个房间里只有一样东西是漂亮的,那就是放在窗台上的一篮五彩缤纷的线轴儿,它是我母亲用来给新奥尔良的贵妇人缝制长袍裙用的。

　　月末的一天傍晚,母亲说她还需要一些蜡烛,我知道她又要熬几个通宵做活了。我交出几个硬币,这是当天下午我为轮船上的水手们吹奏笛子挣来的。这些水手是到大堤附近的水果商场来买水果吃的。母亲朝我的手上瞥了一眼,说不够用,要我到阿格萨姑妈家借一些。我讨厌到圣安街那所整齐的房子里去。因为不管去多少次,姑妈总是像一位领航员一样指点我走的路线。"留心你的大脚,不要踩那个地毯,"她大声说,"留心那把椅子……"看得出来,这个既古怪又吝啬的老处女,一点都不喜欢我。

父亲在密西西比河淹死前，一直在一艘清除障碍物的船上工作。这艘船碰上了一股急流，父亲没有站稳，掉到河里，谁也来不及救他，就沉到河底了。在梦里，或是在醒着的时候，我心里常有一种声音在喊着："啊，快游啊！"似乎这样一呼喊就可以让那条河把父亲还给我们。母亲曾提醒我，说有些人的命运比我们还要悲惨，我知道她指的是那些每天被出卖的奴隶。

姑妈像平常一样地接待了我，勉强施舍了三根蜡烛。我很烦躁，不愿意很快回到家里去，所以绕了个弯儿，避开大街走小巷。我一路遐想着，也许有一天，我会变成一位富有的蜡烛商，可以随时拿出上千个蜡烛……我陶醉在幻想中，以致不由自主地踮起脚尖走路，好像去迎接我幻想中的命运似的。然而我所碰到的却是带着恶臭味的帆布，一块大帆布把我从头到脚蒙住，把我摔倒在地。几只手伸进帆布抓住了我，捆住了我的手脚，像送到市场上去卖的一头猪，被提起来扛走了。

"把那根管子捡起来，沙克依，"一个声音在我被蒙着的头附近咆哮着，"没有那根管子他就一文不值！"

不知走了多远，我的蒙头布被拿掉了。我发现我们原来是站在一个小木筏上，周围是滚动着的黑乎乎的河水。走完了水路走陆路，沼泽地把我弄得精疲力竭。

到了一个湖边，沙克依点燃了一只灯笼，举过我的头顶。我可以看见他们的鼻孔和那像一排排玉米粒一样黄的牙齿。

"你不记得给过你钱的那个人了吗？"一个血盆大口问道，"我将带你进行一次很好的航海旅行。"他放开了我的手，并在我手上放了一只橘子。这时我才记起他的声音和面孔。

他就是那天下午在河边水果摊旁给我两角钱，要我给他吹一首进行曲的那个水手。我交给母亲用来买蜡烛的就是那几角钱。

他叫普威斯。

湖岸渐渐地远去了，不知过了多久，东方现出了淡淡的鱼肚白色。我们终于到了目的地——一艘帆船。它的桅杆看上去和圣·路易斯大教堂的尖塔一样高，甲板上空无一人，船头上用油漆漆着"月光"两个字。

我被拉上一个绳梯，鼻孔里马上充满了一种令人窒息的气味，以致我不得不屏住了呼吸。普威斯把我的笛子放到嘴唇上，鼓起双腮，用劲一吹，但没有吹出声音来。

"我必须回家，"我哭泣道："我母亲会以为我已经死掉了！"

"别伤心，孩子，"普威斯说，"我们只是暂时借用你一下，你以后一定能够回到家的。"

我知道他在说谎，但不敢戳穿，我怕他又会用那块帆布把我包起来。

"你叫什么名字？"一个高大健壮的人站在我身后。开始我没有回答。他鼓励似的微微一笑，说："我叫斯托特，我对发生在你身上的事情表示歉意。"他嘱咐我说，跟船长讲话时，一定要记住回答他所问的一切，即使必须说谎。

船长卡索勒上校是个小个子，他将从非洲的奴隶市场上购买的尽可能多的奴隶，运到古巴转手卖给一个西班牙人，然后满载糖浆回到美国的加尔沃斯顿，整个航行需要四个月时间。

普威斯半拖着我去见了船长。

"你知道为什么雇你到这艘船上来吗？"船长问道。

"给国王吹笛子！"

"是普威斯对你说的，是不是？"

"是的，船长！"

没有任何警告，小个子就双手一抱，把我紧紧地压在他的胸脯上，然后使劲地在我的右耳朵上咬了一下，我尖叫了一声。

"他回答得太快了，斯巴克，这样是可以使他得到教训！"

"你说得对，船长，他回答得太快了。"斯巴克大副像小鸡啄玉米粒一样点头答道。

第二天，普威斯又拉我去见船上的其他水手，说除了大副斯巴克和斯托特外，他是唯一的始终跟着船长航行的水手。船长唯一的长处是航海技术高，对水手只比对黑人好一点儿。不过，为了赚钱，他也要让黑人保持健康。一旦发现生病的黑人，他就会在喝完白兰地或在抽烟斗的时候，随便地把他们扔到海里。

船长特别恨英国人，因为英国废除了奴隶制，封锁了非洲海岸，还经常在周围侦察，给他制造了许多麻烦。可在船长看来，这世界上所有贸易中最好的贸易就是奴隶贸易，他把那些奴隶称为黑金子。何况非洲的酋长头人愿以历史上最低廉的价格出卖自己的人民，引诱他去冒险。

在最初的一些日子里，天气特别好。在海上看到另一只船是多么新奇啊！远方出现一张绷紧的船帆就像写在广阔天空里的一个不认识的字一样。一次，天上下着瓢泼大雨，大海在我们周围呻吟；雨停了，"月光号"又像一只天船一样，在点点星光中箭一般地前进着。

三个星期后，我熟悉了船上所有的人。斯托特对我很好，经常偷东西给我吃。然而，当我早晨醒来时，急切想见到的却是普威斯。尽管他好开粗俗的玩笑，好大声喊叫和咒骂，但我还是最信任他。

一天黄昏时，斯托特和普威斯打了起来，斯托特指责普威斯把他的贮物箱弄翻了。我尽量不在船舱里待着，睡在了甲板上。

第二天清晨，当黎明的曙光还和大海本身的颜色一样时，我忽然发现一个人影，他的头上包着一块布，偷偷摸摸地向船尾爬去。不到5分钟，那人像一条没有视线、光靠嗅觉爬走的昆虫一样，沿着同一路线回来了。不过这次他是用两条腿和一只手爬行，因为有一只手向上举着，肮脏的手指抓着一个白花花的鸡蛋，这个鸡蛋在朦胧的光线下，就好像升起在甲板和船栏之间的一轮小月亮一样闪闪发光。

我急忙回到船舱，发现普威斯、斯托特和沙克依正在油灯的照耀下目不转睛地盯着那只鸡蛋，好像它是一件无价之宝。

这天傍晚，当晚霞染红了辽阔的天空时，我们被召集到甲板上。船长和大副站在离我们稍远的地方，死死地盯住我们。

"我已注意到，某种宝贵的东西从我这里被人拿走了，在黑夜中被一个恶棍偷走了，他污秽的爪子抓住这个东西，逃到他的洞里去了！"船长尖叫道，"我宝贵的东西被他吃掉了！"

斯巴克大副手里握着一根涂了沥青的长绳鞭站了出来，"普威斯！站出来，普威斯！"

普威斯走出来站在他们面前。船长叫两个水手用绳索把他绑在桅杆上。"斯巴克，现在用你的绳鞭把他的衬衫扒下来！"船长命令道。

斯巴克从背上抽打普威斯的衬衫。在绳鞭的跳跃下面，血和布溶合在一起。普威斯只是呻吟和呜咽，但始终没有喊出声来。

我偷偷地流着泪。那天晚上我几乎没有闭眼。有一次我偷偷往甲板上望去，发现在很高的横桅上吊着的普威斯，就像一只羽毛凌乱、拍打双翅的大鸟。海风抽打着他，好像抬起的斯巴克的胳膊，让那条涂了沥青的绳鞭落在他背上的同一恶魔又复活了。

拂晓时，我偷听到两人的对话。

"你把普威斯出卖给了那个野兽，斯托特。"

斯托特却像讨论捻接绳索的最好办法那样平静地说："处在我的地位他也会那样做的。"

早晨，普威斯被水手从桅杆上放了下来。他的面孔像弄皱了的羊皮纸一样布满了皱痕，苍白得好像风已把血从他身上吹走了似的。

"那是斯托特干的，"我大声说，"你为什么不说呢？"

"说也没有用，这条船上的军官是不关心什么是真实情况的。"

一天中午时分，"月光号"进入西非的贝宁湾。夜幕降临时就到了维达港的外面。我们的船就要在这里停泊，缆绳把我们拴到这块完全陌生的土地上。这里是奴隶集散场，船长带着朗姆酒样品去给那些头人们看，留下斯巴克照看船只和我们，不允许船员上岸。时间过得特别缓慢。三天来我们像一只木鸟一样坐在船上，喝醉酒的远不止沙克依一个人。而斯托特还保持着清醒，他以一种严肃的但宽恕的神情在油灯旁读他的小圣经。

有一天午夜前后，我听到一种好像有成千只耗子正从"月光号"的船壳上爬上来的声音。我从吊床上腾地一下跳下来，急忙爬上了甲板。

我听到金属碰撞木头所发出的阴冷可怕的铿锵声，后来又一声尖叫，我的牙齿开始打战了。接着有一个很小的棕色面孔冒出栏杆，原来是买回的奴隶开始上船了。

在奴隶们身躯落地的砰砰声和孩子们时起时落的哭喊声停止以后，一群差不多是赤身裸体的黑人蹲坐在我们搭起来的油布帐篷下面。

连续四天晚上，都有长独木舟滑到"月光号"旁边来卸黑人。黑人们被强迫按要求躺着。那些躺在船底的黑人被他们同伴的躯体压得半死，镣铐磨伤或磨破了他们的皮肉，有些人的脚踝流着鲜血。我们的货舱是个痛苦的深渊。第二天早晨就发现有两个人已经死了，斯托特像我倒垃圾一样把他们的尸体从船边抛了下去。在我们停泊的最后一个早晨，那第一个爬上"月光号"的小女孩被斯托特提到船栏杆那里。他用手指抓住她纤细的棕色脚踝，倒悬着提着她。她睁着呆滞无光的双眼，嘴角上挂着已经干了的唾沫。斯托特一下子就把她扔进了大海。我不禁哭出了声。一个水手使劲扇了我一记耳光，我跌倒在甲板上。当我站起来时，看见蹲在油布下面的那群沉默的奴隶中间，有一个和我年纪相仿的男孩正在那里凝视着我。

当天晚上我们就起锚开航了，这样，奴隶们就不会看见离别他们家乡的陆地。一股新鲜的陆地风推着我们破浪前进，但是船员们并没有因我们的航行顺利而宽心，他们的情绪总是烦躁不安，脸上总是蒙上一层忧郁的阴影。

第二天清早，我们碰到海里一股奇怪的汹涌湍流，"月光号"在湍流中猛烈地颠过来滚过去。号叫声和哭喊声不断从货舱里传出来。船本身似乎也在对海水的暴力表示抗议，发出我从未听到过的高声哀鸣和嘎吱声。

斯托特、船长和斯巴克大副对我们船上装运的黑人的痛苦却无动于衷。颠簸停息后，船长喊道："告诉波尔威维尔把他的管子拿出来。"他固执地认为我叫波尔威维尔。

斯托特微微一笑说："准备吹奏你的音乐，小伙子。"接着伸出手来拍我的肩膀。好像有一条水蛇正往我站的方向冲来似的，我连忙后退了一步。我看到他那只拿着九节鞭的手，就又清楚地看见他用这只有血有肉的手抓住那死掉的女孩的脚踝……

货舱里的奴隶被一个一个地拉上甲板，只有妇女和最年幼的孩子才没有戴镣铐。才过几天时间，他们就被折磨得那样憔悴，那样精疲力尽，几乎站都站立不住了。他们中的许多人都一丝不挂，只有少数几个人腰上围了一块破布。

在斯托特沙哑的喊叫下，一些男人摇摇晃晃地站了起来，接着其他人也站了起来。但有几个仍然蹲着不动，对他歇斯底里的喊叫毫无反应。斯托特开始用九节鞭拍打甲板威胁他们，用九节鞭的尖牙击打那些人的脚。最后他用鞭子打得他们都站了起来。

"波尔威维尔！"船长喊叫道。

我开始吹了。我的笛子发出断断续续的吱吱叫声。

"把他绑到最高的桅顶横桁上去吹！"船长尖叫道。斯托特微笑着朝我走来。我又开始吹。这次我勉强吹成了调，类似一个曲子。

九节鞭拍打着甲板，斯巴克大副不合节拍地拍着手。船长挥舞着双臂，好像他受到一群苍蝇袭击似的。我不顾风吹、不顾船的摆动，也不顾我内心的厌恶，不断吹奏着。奴隶们终于开始提起他们的脚，他们脚踝上镣铐的铁链，在我吹的曲子的颤抖声中，唱出一曲铁的挽歌。从一两声刚刚能听见的呻吟开始，奴隶们的声音逐渐变得雄壮有力，直到他们的声音压倒了我吹奏的乐曲声。

突然，他们的声音戛然停止，像一把斧子砍落下来那样快。斯托特从我手里夺走了笛子。

那天上午，我为三批奴隶吹奏伴舞。在最后一批中，我看见了那个男孩，当我见斯托特把那个女孩扔出船外而哭出声来时，我曾感到他在看我。他不愿站起来。斯巴克用涂了沥青的绳鞭狠狠抽了他一下，顷刻男孩的背上留下了一道鞭痕，也可以说是在那绷得很紧的棕色肌肉里开了一条红色的沟渠。

把我绑架来，并带着我漂洋过海，就是为了要我每隔一天的早上作这样一次的演奏，这样可以使奴隶们保持健康，因为从一个病弱的奴隶身上是很难赚到钱的。

从圣多美港口向西航行两天后，我听到从一个货舱里发出一声非人类所能容忍的痛苦的尖叫声，这是一个妇女的哭叫声，令人毛骨悚然。当时我停止了吹奏，斯托特向发出哭声的货舱跑去。不到一分钟，一个黑女人像破布玩偶似的被拽上了甲板。

"扔出去！"船长说。斯巴克大副和斯托特抬起那位还活着的妇女，走到船栏跟前，来回晃了一下就扔了出去。我们甚至都没有听到她身体着水时发出的溅水声。

"她得了黄热病，"斯托特经过我身边时说，"快死了，如果不扔掉会传染其他人的。"他是在替自己辩解。不，这只是他一贯的手法。他知道我认为他很坏，所以总想让我改变对他的看法，实际上他是想让我钦佩他。这是一种复杂的侮辱。

奴隶们全都望着那个女人被扔出去的地方。而我则把笛子扔在甲板上，逃回我的吊床。我愿永远待在那里，直到有人强迫我离开。

我确实被强迫离开了，而且来得那么快。船长派人把我叫到了甲板。

奴隶们已被赶回了货舱。卡索勒船长手里拿着我的笛子，"我不允许你这样放肆。"他说着，用笛子在我的胸脯上乱捅乱戳，仿佛他想发现我衬衫下面藏有什么东西似的。

"站到栏杆那里去，"船长命令道，"五鞭子！"

斯托特在我背上抽了五鞭子。事后，我被抱回吊床，普威斯还给我送来一杯啤酒，说啤酒可以完全治好我的疼痛。

我的伤口愈合了，可我和这艘船以及它的船员却疏远了。我对他们又有了重新的认识。我得出结论，大副斯巴克是个没有灵魂的人，还像某些有毒的植物一样危害人。船长是个危险人物，他对他所谓的"事业"的热爱可以驱使他采取极端的行动。至于斯托特，他不同于别的人，是个寡廉鲜耻、口蜜腹剑的人。尽管我十分恼怒，绞尽脑汁、想方设法要公开地报复他，但我又不得不提防他。

为了发泄我的愤恨，我把这些想法对普威斯讲了。

他第一次认真地听完我的话，他说："我想你说得对。他是一个坏蛋，他一直在折磨我们，从船上扔下海去的那个妇女，就是他把那个可怜的女人折磨得疯了的。船长并不知道他和那个黑鬼的事，如果死了的女人也能卖钱的话，我准保他把死人也会保存起来的！"

船上开始流行黄热病，已有六个黑人死了。恐惧就像船上的气味一样，穿透了船上的每一个缝隙，穿透了我脑子里的每一个缝隙。

一天早晨，斯巴克大副不知为什么兽性大发，用脚狠踩一个刚呕吐过的黑人的脚。那个黑人起身扑向他，卡住了他的喉咙。如果不是斯托特赶来解围，斯巴克也许会被卡死。这个黑人一直被鞭打得失去知觉，然后被绳子绑着吊在桅杆上。

我刚要离开，忽见斯巴克摇摇晃晃地从船尾走来，手里端着手枪。他朝黑人开了一枪，黑人的背脊顿时被子弹炸成碎片。卡索勒气急败坏，他的脸由于愤怒而涨得通红，他命令把斯巴克扔下海去。

我跑回船舱，接着普威斯也来了。他告诉我，船长之所以要杀死斯巴克，并不是因为斯巴克把手枪对准了他，而是因为斯巴克杀死了那个仍可以幸存复元的黑人。

"又是利润在起作用！"普威斯最后说。

以后的日子，我仍在斯托特的严密监视下给奴隶们跳舞伴奏。表面上我很平静，但实际上我是那样的心事重重，几乎不能指挥我在笛子上的手指了。

一天晚上，斯托特拦住了我，说："我喜欢你的坦率，在这条船上没有别的人值得我信赖，所以我想向你了解一下船员们的情绪。"

想让我当密探吗？不，决不！

"你可以先谈谈你的情绪。"

"我恨这条船。"

"啊！"斯托特叹了口气，说，"那就是说你也恨我喽。"

我不愿再和他谈下去，于是我迅速爬下了梯子，回到船舱，我巴不得他立刻死掉。

又是一天早晨，我的笛子找不到了，所有的人都说没有见到。正当我心烦意乱之时，斯托特又把我叫了出去。"你的乐器呢？"

他一开口讲话，我就知道偷走笛子的一定是他。我顿时吓得发愣，全身直冒冷汗。

"我想一定是有人偷了你的笛子，把它丢给了那些黑鬼。走吧，我们一起去找。"他一边不怀好意地说着，一边把我推到货舱口。

"你按我说的那样爬下去，直到找到笛子为止。"说完，他使劲地推了我一把。

我不敢反抗，只好顺着绳子滑下去。我知道我的靴子就要踩在活人身上，因为没有一英寸空的地方可以放下我的脚。我掉到奴隶们中间，仿佛掉进了火海。我听到他们拼命想蜷曲得更紧时发出的呻吟声和镣铐的移动声，汗涔涔的胳膊和大腿的滑动声。我不自觉地闭上了眼睛。不知是谁把我提到了便桶上。我的神志恍惚，手脚也不听使唤。我只感到一阵恶心。

接着，我饱含泪水的眼睛依稀看到一个人影从人群中站起来，又消失了。当他再一次出现时，他手里高高地举着我的笛子。在雾气弥漫的黑暗中，我认出是那个男孩。他用笛子指着我，接着一只只手伸出来，一直把笛子传给了我。

斯托特这时才把我拉上了甲板。

到古巴水域的前一天，所有奴隶脚上的镣铐都被打开了，因为他们的体力对我们已构不成威胁。我望了望默默站在甲板上的黑人，发现至少死了30人。

太阳落下去了，暮色愈来愈浓。船稳稳地躺在明镜般的水面上。对面古巴海岸上烟雾弥漫、模糊不清。这是奴隶们在船上停留的最后一个晚上了。

"我不喜欢古巴，"普威斯说，"这一带海面的天气变化无常。"

船长却显得异常高兴。他让黑人们穿上各式各样的衣服，举行舞会。我吹起了笛子，船员们靴子的重击声和奴隶们脚掌的拍击声盖过了我的笛子声。船长在船员和奴隶中转来转去，就像一只潜水鸟在鱼群里穿来穿去一样。他一边跳一边拍打奴隶们和水手们。普威斯一直躲着他，而喝足了朗姆酒的斯托特却故意挡住他，让他拍打，而且每次都乐得哈哈大笑。

朗姆酒的香气四溢。奴隶们贪婪地喝着，船员们个个喝得酩酊大醉。突然，我感到船有些轻微颠簸。与此同时，我也感到有一股微风吹来。

"一只帆船！"有人喊道。

"一艘英国船，"斯托特跟跟跄跄地走到船的右舷边，费了很大劲才使自己站直，"我认识它，在这些水域里它不会来干扰我们的。"

风力正在加强，逐渐变成了大风。它从黑暗中像波涛似地滚落下来，在"月光号"的各个角落吼叫着。

"快把奴隶扔下船，"突然船长怒吼起来。

我看见黑暗中有几只小船直接向我们划来，原来我们碰上了美国的缉私船。

奴隶们明白了他们正面临着丧命的危险，马上一个抱住一个地叠在一起，似乎这样可以保护他们自己。船员们用鞭子把黑人们驱赶到船舷边去，船长也抓住一个小女孩，提起来扔进了大海。三个黑人向他扑过来，卡索勒立刻拔出手枪，对准其中的一个开了一枪。

我跑到船头，枪声仍在我耳边回荡。暴风雨突然来临，船剧烈地震动起来。我发现那个小男孩正紧靠着我站着，他用那样一种挑战的眼神望着我，我举起双臂，猛烈地摇头，表示我不会伤害他们。"你也去扔！"一个声音发疯似的喊叫道。我连忙把脚插进一卷绳子里，装出好像我被套住了的样子。"我的脚抽不出来了！"我喊叫着，一把抓住那个男孩的胳膊，钻进了货舱。

我们尽量离舱口远一点，蜷缩在一个几乎空了的水桶和前桅大杆之间。舱里可怕的恶臭使人窒息，我的双腿开始痉挛，全身的每根骨头都在疼痛。我感到船在倾斜，好像有一只巨手把它压向一边似的。为了驱除暴风雨怒吼声所造成的恐怖，我们在黑暗中不停地说着话。每个人都等待着对方把话讲完，好像真都听懂了似的。

过了很长时间，突然甲板上面发出一声可怕的碰撞声，船身剧烈震动，货舱盖好像是被一只巨手提走了似的飞掉了。我看见了亮光，看见了被狂风吹得乌云翻滚的天空。

我爬上甲板，第一眼看到的是船上的救生艇已被砸得稀烂，断裂的主桅杆横躺在甲板上，桅杆上的风帆已被撕成了碎片。桅杆下躺着普威斯，他的一条腿露在外面，漂浮在时进时退的海水里。汹涌的巨浪扫过甲板，海水很快灌到货舱口了。这时，我听到一声呻吟，这声音轻微得像一只海鸟在大雨中鸣叫一样。我看到斯托特像只大苍蝇一样抓住绞缠在一起的缆绳，他的眼睛无神地凝视着天空。另一个巨浪打过甲板，我再找斯托特时，他和缠住他的绳索一起被冲走了。

那个男孩也摸索着爬上甲板。当我们正聚精会神地凝视着不远处的海岸时，突然从船尾住舱残余部分爆发出一阵疯狂的笑声，吓得我几乎魂不附体。那是卡索勒船长发出的声音，他还没有死。

我和那个男孩找到一段桅杆，把它扔进海里，抓住它，踢蹬着双脚，向岸上游去。有一次我回过头去，看见在乌云密布的天空中闪现出几道亮光，看见船长的手在空中乱抓。船在慢慢下沉，最后消失了。

我不知道我们是怎样到达海岸的。我记不起我们什么时候失去了桅杆，也记不起有多少次在互相寻找，有多少个海浪盖过我们的头顶，又把我们举到可怕的高度。我只记得有一种内在的声音在激励着我，"啊，快游啊！"

这天，是1840年6月3日。

当我们苏醒过来时，发现自己沐浴在晨曦中。照射在水面上的阳光，正把宁静的大海从灰色变成淡蓝色。我呼吸到了陆地上的各种气味：土地、树木和冲到岸上来的、带咸味的海藻……

一个上了年纪的黑人把我们带回家。几天以后，我们在海滩上发现了"月光号"上的几件东西，其中就有已被海水浸透了的斯托特的那本圣经。

我们的身体复原后，那个男孩跟着两个黑人到北方去了，而我又回到了阔别已久的家中。

后来，我参加了解放黑奴的战争。1840年奴隶船上的事已渐渐淡漠了。但有一件事没有受时间的影响。我再也不能听音乐，更不能听妇女歌唱，一听到乐器的声音，我就会立即躲开。因为每当我听到一支曲子或一支歌，我就会再一次看见奴隶们的跳舞，好像他们在我脑子里从来没有停过一样。黑男人、黑女人和黑孩子合着曲子的节拍，舞动着他们受尽折磨的手足，灰尘在他们忧伤的拍打声中升起，笛子的声音终于湮没在他们的铁链的铿锵声中。

（吕爱丽　缩写）

海岛历险记

〔德国〕恩尼特·布吕顿　原著

今天是5月5日，别的小孩都回校去了，而雅克、鲁琪、菲力浦和迪娜两对兄妹却只好留在家中，因为他们得了麻疹，医生建议他们最好先去海滨住几个星期。

为了照顾他们，曼妮琳太太给他们请了一位家庭教师——雷得莉丝小姐。这位身材高大、目光严肃的女士刚一进门，菲力浦的鹦鹉基基就发出响亮的"特别快车"的尖叫声，雷小姐悚然一惊，本能地后退一步。

菲力浦走近前来，刚要向雷小姐表示问候，突然从他的衣领里钻出一只叫"吱吱"的小白鼠，同时另一只叫"竞跑家"的小白鼠也在下面的衣服里爬来爬去，还不时从袖管里探出头来好奇地往外瞅。

雷得莉丝小姐吓得魂不附体，脸色煞白，闹不清这个可怕的孩子身上藏有多少小动物，"这真叫我害怕，我不能接受这份工作了。"

雷得莉丝小姐匆忙告别了，曼妮琳太太生气地训斥了这群不听话的孩子们一顿，最后她说："好吧，你们也许喜欢到海边去玩玩，过几天有个勘探队将启程到英国北部几个荒岛去考察。参加者有几位自然科学家和一个男孩，他是鸟类学家约翰博士的儿子。我可以和他们联系一下。"

这个计划使得孩子们顿时显得格外轻松活泼、喜气洋洋。他们除了谈论即将来临的到北部海岛勘探之事，别的什么都顾不上了。

第二天上午，就在孩子们兴高采烈地准备旅行用品时，约翰太太打来电话，说约翰博士早上出了车祸，现在正躺在医院里。勘察的事告吹了。

完了！孩子们再也见不着鸟岛了！这真叫人揪心和失望！

美妙的计划落空了！孩子们又陷入无聊之中，菲力浦和迪娜甚至动手扭打起来。

正在吵闹之际，曼妮琳太太又来告诉他们一个消息：比尔今晚会来。比尔！那个经常追踪罪犯的棒小子！那个神秘、伟大的朋友！孩子们曾和他一道探过险，听到这个名字，孩子们不愉快的情绪一下子就吹散了。

整个晚上，孩子们都在静心等待，可过了11点钟，比尔还没来。菲力浦和雅克决定轮流坐在窗边站岗，等待比尔。当轮到菲力浦上岗时，他刚坐下，突然一道亮光射入园子，原来是妈妈在下面房间里撩开了窗帘，朝外面张望。

蓦地，菲力浦吓呆了。这透出的光刚好落在一个隐藏在园门附近灌木丛中的人的脸上。他会不会是比尔的敌人，正在这儿守候比尔呢？菲力浦想着，推醒雅克，附着耳朵向他讲了刚才的事。两个男孩决定由雅克继续监视门旁那个男人，而菲力浦悄然从后门来到花园里，穿过围篱的一个洞口进入邻居的花园，他想拐到大街上，注意一下比尔来了没有，并且提醒他警惕。

正当菲力浦小心翼翼地在路边的草坪上摸索向前时，突然一个人猛扑过来，把他的胳膊反扭到背后，然后将他的脸朝下推倒在泥地上，他连呼喊一声救命都来不及。

菲力浦被整个地扛起来，默默地被送到一个园亭里。这个男人摸出一支小手电筒，匆匆地在菲力浦脸上照了照，"菲力浦！"

听出是比尔的声音，菲力浦又惊又喜，他小声地告诉了比尔他跑出来的原因，然后他们又从原路回到了家。孩子们很高兴能再次见到比尔。

比尔告诉孩子们，他必须先躲避一下，因为他所追踪的一伙罪犯已嗅到风声，并开始跟踪他，因此比尔决定来个突然失踪。

这时，雅克的头脑闪过一个念头，他建议比尔化装成一位鸟类研究者，和孩子们一起到一些荒僻的小岛上度过这奇迹般的休假日。比尔考虑了一下，答应了。

第二天一早又发生了一起新的纷扰，原来曼妮琳太太也得了麻疹，她只好答应孩子们和比尔一同去度假了。

孩子们开始兴头十足地打点行装，带上了所有必需的物品，还有他们的小动物。他们约好和比尔在伦敦火车站碰头。

当孩子们来到火车站时，比尔还没来。他会化装成什么样子呢？

这时，突然出现一个身体朝前微弓着走路的男子，脚步很响地朝他们走来。他蓄着一把胡子，身穿一件长大衣，头戴一顶鸭舌帽，肩挂一架望远镜，鼻梁上带着一副厚镜片的眼镜，并留意地四处顾盼。

"你们好，孩子们！现在我们考察可以开始了。"他向大家打招呼。

孩子们听出了比尔那好听的、亲切的声音，鲁琪高兴得想要上前拥抱他，雅克机警地把她拖开，客气地伸出手说了一声："晚安，瓦尔科博士！"别的孩子也学他的样子与比尔一一握手。在别人看来，那是老师要带着他的学生去旅行。然后他们很快地登上了夜班车。

列车把他们带到一个海滨城市。当远处一条狭长的、蓝色的海岸线呈现在孩子们眼前时，大家都欢呼雀跃起来。

下车后，他们在旅馆吃了顿丰盛的午饭，然后就往海港走去。比尔的摩托快艇正好准时到达。这是一艘漂亮的快艇，开艇的男人叫汉提，他告诉比尔，艇上已备好足够的食物。他驾着快艇把大家送到港外开阔的海面上之后，就和大家告别，划着小木艇回去了。

比尔让菲力浦暂时先把一下舵，他把他全部的伪装除得一干二净，现在他又变回自己了。

比尔拿出两张地图说："我们按这个方向驶去，必须马上朝这两个岛靠拢。其中一个岛可以住上几个人，那里还有一个快艇的停泊处。我想我们得先找个歇夜的地方。"

隔了一会，他们望见远处海面上有些不整齐的黑色的东西突现出来。"那就是两个岛屿中的一个。"比尔高兴地说，"我们将很快到达那里。"

不久，小艇在一堵简单的石砌防波堤旁停靠下来，大家很快就搭起了帐篷，在那里度过了海上第一夜。

第二天小艇又继续开航了，当他们在海面上经过几小时的颠簸后，雅克突然叫喊起来："小岛，你们看见那边海平面上突出的小山包吗？那里肯定是鸟岛了。"

不久，小艇便在这个聚集了成千上万只海禽的小岛前面靠岸了。但这里是高耸的峭壁，比尔小心翼翼地驾着快艇沿悬崖绕了一圈，寻找一个合适的泊岸点。他很快就发现了一处不大的有防护结构的海湾，这个地方看上去似乎经过人工修筑。他们就在那儿抛锚上岸了。

他们首先向一下艇就见到的那座陡峭的石崖走去。上千只海鸟在他们头上叫嚷、盘旋。他们走上悬崖顶端，惊异地看着眼前的一切。突然，菲力浦说："这是什么东西呢？听见了吗？一架飞机！"

大家紧张起来，留心听着，眼睛在天空搜索着。在很远很远的天际，他们发现一个黑点，黑点正在慢慢向前移动，现在，他们可以分辨出是发动机的轰响了。

一架飞机！这使比尔感到十分惊异。

孩子们将宿营地点选在小河旁，他们支起帐篷，打好地铺，然后美美地吃了一顿，最后跟比尔回到小艇。比尔发报向伦敦报告消息。

第二天，天气变得十分沉闷，一场大暴雨即将来临。比尔连忙让孩子们收起帐篷，决定转移一下营地，小艇又出发了。

天气热得不正常，鲁琪将手插进水里，多舒服啊！突然，鲁琪从水里猛地缩回手，她的手指在水里触到什么东西，惊惶中她发现了一块漂浮在水面上的橘子皮。这块橘子皮究竟是怎样漂到这里的呢？大家都感到这有点奇怪。

小艇又驶了一阵，最后他们在一个满是海鸭的岛上靠了岸。

比尔把艇停泊在两堵崖壁之间。这里是个理想的小海港，好像是专为这艘"福星号"建造的。孩子们跳上石台，沿着岩石形成的巨大梯级向崖尖爬去。

这个岛上聚集了成千只海鸭，它们并不怕人，于是孩子们就可以漫无目的地在鸟群中逛来逛去。这些海鸭大部分居住在绿色的谷地里，地上满布着它们的洞穴。

孩子们发现在海鸭群和岛的另一端的一堵高大的石岩之间，有一小块长满野草的洼地，那是个搭帐篷的好地方，等比尔把艇也开了过来，大家就一齐动手把所有的东西都搬到了驻地。

当大家坐下来开始吃饭时，突然一只海鸭向他们呱呱叫着走过来，立在菲力浦身边。那海鸭呱呱叫着，吞掉了菲力浦丢给它的一块肉。然后它就倏地走开了，马上又引出另外一只身体比它小些的海鸭来，它们肩并肩地向菲力浦走去。孩子们快乐地叫它们"嘎嘎"和"呼呼"，因为它们有嘎嘎的叫声和呼呼的喘气声。

吃完饭，男孩子们去游泳，鲁琪和迪娜在认真地准备睡觉的铺垫和被子。这时，迪娜突然吃惊地侧耳细听着什么。又是一架飞机！

姑娘们跑出帐篷外，向天空搜寻着，鲁琪看见好像有件白色的东西从飞机上慢慢落下来。究竟发生了什么事呢！

过了一会儿，比尔他们回来了。鲁琪告诉比尔，她看到一件白色的东西从飞机上掉下来。

比尔若有所思，眼睛直直地望着前面。会不会是降落伞呢？他决定马上将这个消息发出去。这架飞机实在有点古怪。

比尔很快向小艇走去，孩子们目送他的背影。半小时后，比尔回来了，但他并没有再提飞机的事。

第二天清早，空气不再叫人觉得沉闷，孩子们高兴地去游泳。吃早餐的时候，孩子们给他们留宿的地方起名叫"夜之谷"，游泳的地方叫"戏水湾"，泊艇的地方叫"秘密港"。

整个早上，比尔显得很沉默。"要是你们不反对，"比尔突然出乎意料地说，"我将开摩托快艇在岛屿间转一转。"说完，他就这样自己去了。

孩子们起初在岛上快乐地玩耍，可比尔的迟迟不归开始令他们坐立不安了。直到很晚时，外面才响起了他们热切盼望的摩托艇的突突声。他们一个个蹦了起来，冲出帐篷去迎接比尔。

比尔说他怀疑岛上另有别的人，却不知道这些人是做什么的，所以还是当心点好。

鲁琪躺在床上久久不能入睡，她感到这里将要发生的是生活中未经过的事。她的预感是对的，危险正向他们扑来，并且很快就要发生。

第二天早上，孩子们忘却了昨夜的惊惧，比尔也有说有笑，实际上他心里却在翻腾着。不久，又有一架飞机在小岛上空来回飞了几次。

天黑下来了，比尔待孩子们睡着后，他轻手轻脚地走出帐篷，来到小艇上开始发报。但由于风暴气候的影响，收发报系统受到大气层的干扰。这样持续下去，他就完不成收发报任务，于是他决定把小艇开到"秘密港"的背风地方去，那儿的接收效果也许会好一些。

比尔坐在电台前，他好像听见艇外有沙沙声向他靠近。他关掉机子，留心听着外面的动静，这时却只有越刮越猛的风声。

他又打开电台，紧张地听着。他已接收完一则消息，正在等另一则重要的通知。这时，他突然听见外面一阵响声。他吃惊地朝外望去，只见一个喘着粗气的汉子正居高临下地瞪着他。

比尔一跃而起，但这个大汉乘势举起手里一根带结的拐杖向他劈下来，可怜的比尔倒了下去。那鹰钩鼻男人吹了一声口哨，另一个男人出现了。他们将比尔捆起来，丢到一只木艇上，然后砸烂了"福星号"的马达和发报机。对这一切，孩子们一无所知。

第二天孩子们醒来后，到处寻找比尔，当他们发现了那艘被砸坏了电台和马达的快艇，他们明白：比尔被人劫走了！

孩子们的心情难受极了，但他们没有就此绝望，迪娜建议大家在崖上点一堆火，向人们求救。

吃过早餐后，鲁琪和雅克开始将艇里贮存的食品从艇里搬走，迪娜和菲力浦也各自捡了满满一袋柴火。接着，菲力浦就迫不及待地在岩顶点起火来，一道烟柱从悬崖上升腾起来。

　　风势变得越来越猛，天空的黑云也越来越密集，一场风暴就要来临。

　　两个男孩担心风暴会把鲁琪吓坏，便来到姑娘们的帐篷。在雷鸣闪电中雅克想用玩笑驱赶姑娘们的恐惧，正说着话，突然帐篷的什么地方被巨大的力量扯裂开来，一阵强烈的抖动，帐篷被吹跑了。大雨一下子把他们全打湿了。男孩子的帐篷也已不见，孩子们只好用被子裹住身体，手拉手向小艇走去。

　　突然，菲力浦的手从迪娜的手里滑掉，他掉到了一个海鸭洞穴中去，只有头还露在外面。

　　雅克大吃一惊，忙问："你怎么样？菲力浦！""没事，把你的手电给我，我的已经找不到了。"菲力浦从雅克手中拿过手电，照了照说："这是个真正的大洞穴，你们大家都可以下来。这里可以挡一挡狂风和暴雨，只是气味难闻了些，但也并不坏。"

　　孩子们一个一个地滑到洞里。待在这里，大雨泼洒不进来，泥地又干爽又松软。雅克说："这是个美妙的避难所。"孩子们把肩上的被子铺在地上挤在一起，又迷迷糊糊睡着了。

　　当孩子们醒来的时候，天空已变得瓦蓝瓦蓝。他们爬出洞口，荒草堆又在他们背后合拢，把洞口掩住，简直叫人看不出一丝痕迹。雅克把一根杆子插在洞口附近，以便能够再认出这个洞穴。

　　孩子们又重新点燃一堆火，然后坐在石崖上休息。突然，鲁琪发现有什么东西在水里漂着。菲力浦用望远镜仔细地看了看，才发现那竟是"福星号"的碎片，一定是快艇在风暴中与岩石相撞而破碎的。孩子们一句话也没说就离开了火堆，向"秘密港"走去。

　　快艇不见了，一切如他们所想的一样。当孩子们离开海港时，鲁琪首先发现又有一架飞机。男孩子马上掏出望远镜。飞机上飘下一个小降落伞，降落伞下还挂着些什么东西来回摇晃。这可能是敌人发现了那堆火，他们很快就会对小岛进行搜查了吧。

第二天，孩子们决定他们要轮流上岩顶去放哨。

两天过后，没有什么特别的动静发生。第三天下午，又轮到雅克站岗了。突然，他发现在很远的海面有一个黑点在移动。他迅速抓起望远镜，朝那个方向望去。这时他见到一只摩托快艇在海上行进。

"敌人！"他脑子一下子反映出来，他正想跳起来，又怕敌人发现。他匍匐在地上爬行，估计艇上的人再也看不到他时，他才跳起来飞也似的直奔"夜之谷"去。"哈罗，发现一艘快艇！"他老远就喊道。

孩子们一听马上跳起来，把东西丢进洞里藏好，然后也一个个滑进洞里。雅克把那根插在地面上做记号的木棍子拔了出来，又拔了些野草小心地遮盖好洞口。

好像有人走过来了，而且掀开荒草钻进了洞里。孩子们吓懵了。可菲力浦定睛一看，竟是嘎嘎和呼呼。他骂着把野鸭推了出去。没注意，鹦鹉基基也从雅克肩上跳下来，跟着野鸭走到了上面通道口的内侧。

这时，孩子们感觉到有人在他们头顶上走过，连地皮也发生了颤抖，接着就听到两个男人的说话声。"瞧，这是一块锡箔，这附近肯定有个遮掩着的地方。"

孩子们的心猛地一抽，菲力浦猛地想起，一定是风把他们包巧克力糖的锡纸吹落到洞口附近，他当时懒得追上去将锡纸捡起来。这可真是件愚蠢的粗心事。

"你看那两只古怪的东西，这叫什么鸟？"两个男的当中一个说。

"嘎嘎和呼呼，"基基殷勤地介绍说；并发出一连串咯咯咯的笑声。

两个男人吃惊地望着两只威严的海鸭，他们以为是海鸭在说话。

基基仍然不停地说着，笑着，还模仿一辆从远处开来的摩托车的声音。

"快离开这里，我简直听到魔鬼的声音了！"

男人的声音渐渐远去，远处传来了一阵叫人求之不得的摩托艇的突突声，孩子们这才小心翼翼地爬出洞来。

孩子们迅速登上岩顶，将已被踩灭的火堆又重新点燃起来。他们并不怕被敌人发现，因为如果不点火，人们就不会来救援，那比尔也就不会得救了。

孩子们来到岛上已有一星期了。这天，雅克从望远镜里发现又有一艘小艇开过来了。艇上只有一个人，戴一副黑色的太阳镜。孩子们断定他一定是敌人一伙的，于是他们商量好计划，决定夺下他的艇。

迪娜和菲力浦悄悄地蹲在一块离海边还挺远的大岩石后面，雅克和鲁琪则站在岩尖顶上等待着。

这个瘦长个子男人好像很熟悉这里，竟把艇直接驶进了"秘密港"。他看见两个孩子在岩顶上向他招手，便从岩石断层处爬上来。他自称是一位鸟类学家，名叫特奥巴得·斯丁策莱。

鲁琪对他说："您想看海鸭吗？我们得从这里走。"现在雅克和特奥巴得已经走到洞的通道口。雅克冷不防朝他腿上一扫，同时狠狠朝他打了一拳，那男人立刻扑倒在地，正好跌倒在洞口边上。雅克又往他身上一推——"隆"的一声！他整个儿埋在洞里了。

雅克手里抓过一根粗棍子守在洞口。特奥巴得好容易站起身来，但是刚把脑袋伸出洞口，雅克便举起了棍子，这位先生只好连忙把脑袋缩回去，在洞里叫喊着。

孩子们把东西搬到特奥巴得的小艇上，现在艇是他们的了，他们决定准备趁特奥巴得没发觉的时候，全部撤到艇上，然后去找比尔。

夜深了，孩子们突然听到从海面上传来一阵突突的响声，又一艘快艇来了。孩子们立刻跌跌撞撞地向港湾走去，最后跳上那摇摆不定的小快艇。

雅克发动马达，将小艇向东面驶开一段距离，然后关掉了马达。这时那艘大摩托艇从他们附近开了过去，并没有发现他们。

孩子们决定第二天一早起程，可是正当他们要入睡时，那艘大摩托艇又起动了。为了寻找比尔，孩子们驾着小快艇偷偷地跟在敌人后面。幸好，那些男人没有觉得有什么异常。

两只快艇一前一后在海上飞驶了足有一个钟头。这时，他们前面出现了一个岛屿，在左边几公里处，他们立刻又见到了第二个岛。

孩子们并没有直接驶向虎穴，只是将小艇驶向另一个岛，在一片沙滩上搁了浅。他们将小艇锚定后，已经彻底精疲力尽了，他们在一个铺着软沙的干燥的洞穴里睡了一觉。

第二天早晨，孩子们在小艇上发现了一个类似电台的机器，但他们却不会用，只好不去理会它。

吃过早餐，他们又听见一架飞机的深沉的嗡嗡声，接着这架飞机开始慢腾腾地在礁湖上空盘旋。突然，一件什么东西从飞机上落下来，一顶小降落伞打开，下面吊着的东西用一种闪光的材料包裹着，如雅克所说，那可能是一种防水材料。

那包东西掉到水面上并且沉到湖底里去，接着是第二包、第三包，然后飞机嗡嗡叫着飞走了。

强烈的好奇心使孩子们飞快地爬下山，跳到湖水里去。

这个礁湖的水相当深。雅克试了几次都不能着底，所以也不知道那包里究竟是什么东西。

鲁琪掉头向岸边游去，突然她发现水底里横着什么，那是降落伞投下的一包物件。包裹皮让礁石划开了，里面的东西四散地落入湖底。

鲁琪急忙叫来哥哥。两个男孩子潜入水底，由于这儿靠近岸边，水已远不如湖心那样深，所以男孩子们能够看清那水底的东西。他们很快地检查了一下，然后赶快冒出水面，不约而同地叫嚷着："枪——枪！全是枪！"

为什么把枪丢进礁湖里去呢？孩子们断定这一定是武器走私贩子们干的。

他们正说着，突然基基一声怪叫，又一艘快艇开来了。孩子们慌忙跑进草丛埋伏了下来，草将他们遮得严严实实。

快艇靠岸了，几个汉子的说话声隐约可闻，他们越走越近，却并没有向孩子们这个方向走来。从他们的对话中，孩子们明白了，这帮家伙就是比尔的死敌。比尔一直在追踪他们的行迹，可现在却遭到他们的毒手，比尔的处境一定相当危险了。

这几个汉子慢慢走远了，孩子们从自己的隐蔽处钻了出来。

"我们到底该怎么办呢？"鲁琪问道，别的孩子也不知如何是好。

"这样吧，我们趁天黑干脆把艇开到敌人的岛上去，反正比尔若在他们手里，总会被歹徒带上那艘艇的。"其他的孩子表示赞同。

太阳西沉后，孩子们远远地观察了一下敌岛，然后又返回岸边。突然，他们又听到飞机的嗡嗡声。孩子们连忙蹲在一块大岩石背后，只见这只巨大的水陆两用飞机越飞越低，最后落在礁湖的湖面上。

飞机上亮起灯，粗大的带钩的大缆绳被放入湖水深处，将沉甸甸的、包裹着枪支的包裹挖出水面。飞机的机舱里全装着武器，装满了，飞机就起飞，一会儿再来一架……或者也许只是这架飞机来回地飞行。

敌人是这么的强大，四个孩子毫无办法，就这样静悄悄地、若有所思地回到艇上去。

小快艇很快就接近了敌岛上的灯光处。菲力浦关掉马达，开始用桨划起艇来。

这时，小艇已经靠近陆地了。孩子们听到了收音机的声音。两个小男孩神不知鬼不觉地从艇上滑下水去，避开灯光，从防波堤过去，从一段有阴影的地方爬上岸。

突然，一声呵欠，收音机被关上了，一切又显得平静起来。两个孩子停住脚步，直到听见看守的鼾声响起，才小心翼翼地爬上甲板，光着脚，悄然无声地向前探着。

这时他们蓦地听见脚下有响声，两人马上停住，仔细辨别，原来是从舱底传来的一个男人的声音。那是比尔！雅克手指有点哆嗦，他摸到舷窗上的横闩，没发一点儿响声，横闩就很轻易地被他拔出来了。

坐在舱内的两个男人马上抬起头来向上望。其中一个是比尔，另一个是特奥巴得。比尔一见雅克，马上跳了起来，但就在这危急关头，特奥巴得却怒气冲冲地大喊起来："你这个可恶的孩子，我要你死！"

特奥巴得愤怒的吵嚷声把那个看守惊醒了，比尔镇定地关闭了电灯并爬上甲板。菲力浦马上向那看守扑去，但那个强壮的家伙奋力反抗，扑通一声，菲力浦落了水。比尔赶过来擒住那汉子，把他扔进了底舱。然后比尔和雅克就跳下水向快艇游去。

菲力浦先游回小艇，听到他俩的溅水声，菲力浦连忙贴着水面很快地闪了几下手电，比尔和雅克立刻朝亮光处游来。终于，他们又来到了快艇上。

马达发出突突的响声，被惊动的敌人们马上开始放枪，比尔命令孩子们伏下身，小艇飞快地驶出射程，向旁边的小岛驶去。

快到小岛时，燃料用完了，马达突然可怕地死了火。孩子们只好取出桨来，齐心合力地往前划。突然，一声可怕的咔嚓声，小艇猛烈一震，突然停了下来。显然它一定是划到一块礁石上去了，只有涨潮时它才能浮起来。

当东方放亮的时候，孩子们发现这里不是礁湖岛，而是另外一个小岛，岛上布满了成千上万只海鸟。

比尔彻底地检查了一下小艇，发现了那部发报机。他立刻装好机子，开始不断发出请求救援的呼号。当他正紧张地细听回音时，突然一阵突突的马达声传来。

"快跳下水！敌人来了！"他大喊着。

孩子们猛地站起来，几乎同时跳了下去。

四个孩子尽量将身体与海鸟靠在一起，比尔则尽量长时间憋住气，伏在水里不动。

摩托艇终于离开了，孩子们又爬回小艇。这时的小艇已被潮水浮了起来。比尔忽然想起，特奥巴得不可能没带够燃料就做这么远距离的航行。在他的指挥下，两个男孩很快就发现了特奥巴得的贮油箱。

比尔将油倒入油箱，马达很快又起动了，小艇立刻朝西南方向的航线驶去。

"飞机！"鲁琪突然叫道，"我听得很清楚！"

大家很快就发现一架飞机从东北方向朝他们这边飞来。"把剩下的油给我拿来，雅克！"比尔喊道。可是万万没想到，所有贮油罐都空了！一定是那些卖油的家伙欺骗了特奥巴得！

马达开始发出扑扑声，快艇终于停了下来。这时巨大的水上飞机开始在他们头顶低空盘旋，然后在离他们很近的水域降落了。"喔嗬，小艇，快开过来！"海面上突然响起一个可怕的打雷般的声音，这是他们在使用扩音器说话："我们的机关枪对准你们了，快开过来！"

比尔站起身来，摆了摆手，然后举高双手表示投降。从飞机上立刻放下一只快艇，贴着水面飞快地向他们驶来。艇上坐着三个男人，其中一个手里握着一把左轮枪。

孩子们一动不动地趴在甲板上，那艘摩托艇越开越近了。突然他们听见有人惊异地大声喊道："比尔！原来是比尔！我们还以为你们是和匪徒一伙的呢。"

"天啊，是约希！"比尔大声喊道，语音里充满了快活和轻松，孩子们一听都蹦了起来。

"一齐上飞机吧！"约希笑着说。

孩子们爬上飞机，可是他们没有带嘎嘎和呼呼，因为它们不能远离海岛，否则就不能活下去了。

飞机发出巨大的轰鸣，从水面上慢慢升起。不一会儿，飞机就来到了礁湖岛上空。孩子们透过清澈的海水，依然能看见那一件件银灰色包裹在水底闪耀着。在这之后，他们又一起飞到囚禁比尔的敌岛上空。约希说几个钟头内这里将会出现一支配有水上飞机的舰队，全副武装的摩托快艇将把整个海域控制住。这些武器走私犯将插翅难逃。

告别了海鸭岛，孩子们就兴奋地想到回家了。水陆两栖飞机一直向南飞去，无数的小岛从他们身下掠过。过了不久，第一颗星星挂在天空上了。

"我们很快就要到达大陆上空了。"比尔说，"一切都已成为过去，关于这次历险，以后我们还会不断地谈起它。我们大家的确经历了多少患难的场面啊！"

"这次历险是最美妙的一次，"雅克若有所思地说，"这许多许多的岛屿和这寂静的海，以及它那蓝的、绿的和灰的色调！"

"这次海上历险，"鲁琪如醉如痴地观赏着飞机下面那宽阔的平原，无数金黄的灯火在这块平原上四处闪耀，"祝福你，这次海上历险！你是如此之美，但却又叫人心惊肉跳。"

（艾力　缩写）

鸡 毛 信

〔中国〕华山　原著

海娃今年14岁了。海娃放了6年羊。

起初，海娃跟着爸爸放羊。后来，爸爸背上快枪，到铁路边打小日本去啦！爸爸当了抗日游击队的侦察员。

海娃也打小日本。海娃在自己村里当了抗日儿童团的团长。妈妈给海娃弄了一支红缨枪。海娃天天拿着红缨枪，到龙门山上一面放哨，一面放羊。

这两天，鬼子又进山扫荡啦。海娃清早醒来，妈还坐在炕头纺线哩！海娃说："妈，快别纺线了。快到山里躲起来吧！平川里的放羊娃告诉我，后周庄的维持会长叫他挨家挨户敲锣给鬼子要牲口……"

"呀！这不是鬼子又要进山抢粮啦！你怎么不早说呀？"母亲着急起来。

"我早报告村长啦！"海娃说着，就穿好衣服，拿上红缨枪，把羊赶走了。

村子里，到处都在忙着：有的打麦子，有的磨炒面。……小孩也帮着大人，把一袋袋新粮打到肩头上，扛到山里藏起来。

海娃一面甩着羊鞭一面唱：

上一次鬼子来扫荡呀，
狼吃得真厉害；
粮食抢个干干净呀，
房屋烧成灰。
……

唱呀唱的，村头那口破钟响起来了。村长站在老槐树下朝村里大声喊："鬼子要来扫荡啦！民兵随身带上地雷、手榴弹到老槐树下集合！老人孩子先到大山里去！……"

转眼间，民兵都跑到槐树下来了，村长把一颗手榴弹交给海娃，让他到山上去放哨。

海娃把手榴弹揣在怀里，唱着歌，把羊赶上后山去啦。

海娃到了山顶上，把羊鞭插到腰里，蹲在一棵小树底下。这棵小树光秃秃的，一点儿叶子都没有，遮不住太阳也挡不了雨，可是海娃整天守住这棵树。他蹲在树下，用手遮住太阳，眯起眼睛瞭望山下的平川地。

平川上，有条小河，像银蛇那样闪着光。河边是条铁路，海娃看见铁路边有好些灰麻麻的小点子，就像土疙瘩似的。爸爸说，那些灰疙瘩就是日本鬼子的炮楼，爸爸就喜欢到那里打游击。

西面大山那边，停不一会儿响一两声大炮，像闷雷一样，听不清楚。那是鬼子在扫荡咱们的抗日根据地。

平川上却静悄悄的，没有半点声响。海娃一个人蹲在大山上被太阳晒得鼻孔痒痒的，心里忽然闷得发慌。后周庄那放羊娃今天上哪儿去放羊？怎么一个也不到龙门山来啊？

海娃心里痒痒的，忽然放下红缨枪，两手这么一抡，哈，两条腿已朝天竖起，两只手却在地上走起来。忽然"扑"的一声，手榴弹从怀里滚出来，海娃赶忙翻身站起来。

海娃一面拾起手榴弹，一面埋怨起自己不该这么淘气。这么一埋怨，心里忽然不闷得慌了，鼻孔也不痒了。海娃又蹲在小树底下，眯缝起眼睛朝平川望起来。

忽然间，灰疙瘩里爬出一长溜黑点子。

是啥呀？海娃揉了揉眼睛：喝！是鬼子出动啦！这边一长溜，那边还有一长溜，蚂蚁一样，朝龙门山爬过来……

海娃赶忙趴倒，顺手捏住光树干往回一扳，那棵树就倒下去了。

原来这是一棵假树，村里人叫它消息树。消息树站在山顶上，村里的人看得见，西山上的人也看得见；只要消息树倒下去，大家就知道：平川里的鬼子又要进山了。

果然，村子里的钟声响起来。跟着，人们赶着牲口，背着粮食、家具，向大山里跑去。民兵也拿着武器上山了。不一会儿，村里静悄悄的，一个人也看不到了。

这时候，阳坡的石磬小路上爬上来一个人，那个人一边爬，一边朝山顶探着脑袋。

石磬路直通平川，村里人轻易不走。海娃想：莫不是个汉奸吧？

海娃这么一想，赶忙朝羊群甩了两鞭，羊便乖乖地满坡里散开，钻进乱草里，不见了。

海娃也不见了。他溜到一块岩石后面，撅起屁股，钻到酸枣刺底下往外看。

那个人到山顶，就叫起来："海娃！海娃！"

海娃听着听着，他听出来了，那不是汉奸，正是海娃的爸爸。海娃答应着从枣刺底下爬出来，沾了一头乱草。

爸爸看着海娃这副样子，有点儿生气。可现在爸爸可没心思和儿子吵架，他有要紧的事情哩！爸爸刚从平川里回来，他打怀里掏出一封信，对海娃说："海娃，马上到三王村去，把信交给指挥部的张连长。"

这是一封鸡毛信，信角上插着三根鸡毛。海娃知道这样的信准是一封顶顶重要的急信。海娃说："好，我就去。"说着就把羊鞭递给爸爸，让爸爸替他看羊、放哨。

可是爸爸不要羊鞭。爸爸说："你赶着羊走。爸爸还有重要的事。路上要小心！要是碰见鬼子，你就说是平川里的放羊娃。"

赶着羊送信，这才新奇呀！海娃送过几次信了，每次都是拿着红缨枪，撒开腿就跑了，爱跑多快就跑多快。可现在赶着一大群羊，得啥时候能送到啊？

爸爸说："明天送到就行。这信怎么也不能丢哇！瞧，鬼子上山了，赶快走！"

真的，鬼子已经走上石磬路了。爸爸揣上海娃的手榴弹，又从怀里掏出一只烤红薯塞进海娃的口袋，接过海娃的红缨枪，就跑进梢林去了。

海娃顾不上吃红薯，他把羊赶上了崖畔小路。

龙门山到三王村，走大路有30多里，走小路还不到20里，海娃给指挥部送过几次信，都是连夜走的这条小路。

转过崖畔，便是西山。西山头上也竖着一棵消息树。太阳快压山了，消息树映着红云，一动不动地站在山顶上。

一看见消息树，海娃就放心了。海娃狠狠地甩了几鞭，把绵羊赶上山去。

可是忽然间，消息树倒了。糟糕，山那边准是发现了鬼子。小路不能走，就走大路吧！海娃心里盘算着，赶快把羊赶下深沟，朝大川口走去。

快到大川口了，就看见川口外面远远地来了一队人马：人排成一行，牲口跟在后面。海娃眯起眼仔细地瞅，糟了！又碰上抢粮的鬼子了。

怎么办呢？龙门山有鬼子，西山那边有鬼子，川口又进来了鬼子……

跑吧？沟两旁尽是陡壁，爬不上去。

前进吧？口袋里装着鸡毛信。

把信扔了吧？那怎么行？这是封顶重要的急信呀！

藏起来吧？对，藏起信来。可是藏在哪儿呢？藏到乱石底下，回头天黑了上哪儿找去？

鬼子越来越近了。海娃着急起来，羊群却一点也不着急，只管朝川口跑去，又肥又沉的大尾巴油乎乎的，垂在屁股后面。看着油乎乎的大尾巴，海娃心头忽然扑通一跳，想都来不及想，就一头扑到头羊身上。海娃把它拦腰抱住，掀起那肥腾腾的大尾巴来。

老绵羊的屁股蛋光溜溜的，紧靠着尾巴根垂着老长的绒毛。海娃就将绒毛拧了两根细毛绳，把鸡毛信绑在尾巴底下。海娃一松手，老绵羊便卷回大尾巴从海娃怀里猛蹦出去，撒腿就跑。它跑得越快，大尾巴卷得越紧，把鸡毛信牢牢地盖住了。

海娃这才松了一大口气，他啥也不怕了，甩着鞭子朝鬼子赶过去。

"你的站住!"鬼子吆喝起来,哗啦一声举起快枪,对着海娃的小脑袋。

站住就站住呗,海娃顺溜溜地站住了。羊群也站住了:你的头挤着它的尾巴,它的角又磨着旁的肚子,把老绵羊挤到当中。

一个穿黑军装的跑过来,抓住海娃的脖子把他提到一个穿黄军装的跟前。这个人挂着大洋刀,鼻子和大蒜头一样,鼻子底下,留着一撮小胡子。小胡子瞪圆眼睛,吼叫起来:"你的——八路探子的!"

海娃故意歪起脑袋,张大嘴巴,傻愣愣地望着小胡子,好像什么也听不懂。

那个穿黑军装的家伙就端起枪托,照着海娃的屁股狠狠撞了几下,还歪着嘴说:"为什么不吭气?太君问你是不是八路?"

这个不要脸的日本走狗!要不是为了鸡毛信,海娃早就唾他一脸。可现在,海娃只能乖乖地说:"我不是,我是放羊的。"

小胡子拔出明晃晃的大洋刀,搁在海娃脖子上:"实话不说的,死拉死拉的!"

海娃说:"我就是放羊的嘛!"说着说着,就哭起来了。海娃哭得小胡子不耐烦了。小胡子说:"搜!"于是几个黑狗一齐动手乱搜起来,可是他们什么也没搜到,只搜出一块烤红薯。红薯烤得焦黄焦黄的。小胡子看见了,一把抢过去,用大蒜鼻子闻了闻,就大嚼起来,一面嚼一面说:"大大的好!大大的好!"

海娃对小胡子说:"咱东家,红薯可多哩!在后周庄就数咱东家的红薯长得好。"海娃瞎编着,就像他真是后周庄的放羊娃一样。

小胡子吃完了烤红薯,又问海娃:"你的,什么的干活?"

这回海娃听懂了,学着小胡子的腔调说:"良民的干活,放羊娃的干活。"

"你的红薯，太君的送礼的！明白的？"

"明白的，明白的！"海娃说，"等你回来，给你送上两筐子。"海娃张开两臂，比了个大筐的模样。

小胡子大笑起来，拍着海娃的脑瓜说："良民的！皇军的良民的！开路开路的！"

海娃松了口大气，赶忙把羊赶着走了。

海娃赶着羊，恨不得飞跑起来。

忽然间，歪嘴黑狗追上来了："站住，站住！"

海娃回头看，有十几个黑狗一齐跑过来，把羊群截住。海娃着了慌："你们干啥呀？"

"干啥？"歪嘴黑狗大笑起来，"皇军要吃羊！"说着就夺过羊鞭没头没脑地朝羊群甩起来。

"这是咱老东家的羊呀！"海娃叫起来，"没了羊，我可活不成啦！"

黑狗们可不管这些，他们大笑着，用皮带抽着绵羊。

"老总，饶了我吧！"海娃哭起来了，抓住羊鞭不放。黑狗把海娃摔到路边，赶着羊群走了。

海娃躺在地上大哭起来，海娃哭他的羊子，更哭羊尾巴下的那封鸡毛信哪！怎么搞的呀？儿童团长把游击队的信送给了鬼子——世界上哪有这样糟糕的事呀！

忽然海娃不哭了，他爬起来远远地跟在鬼子后面。他多么希望鸡毛信能掉在地上啊。可是鸡毛信分明被牢牢系在羊尾巴下，怎么会自己掉下来呢？海娃白白跟了许多路。

可是海娃还是跟着。海娃舍不得鸡毛信呀！

　　跟呀跟的，那歪嘴黑狗就吼叫起来了："还不滚回去？再不滚开，连你也宰来吃啦！"黑狗们大笑起来。

　　海娃气得眼睛都红了。这一气，再顾不上死活，海娃把手插到嘴里响响地打了个呼哨，跟着又是长长的一声。羊群听到这熟悉的呼哨，就满地乱跑乱蹦起来，扭转头朝着海娃跑过去。

　　海娃一面打着呼哨，一面带领着羊朝川口外跑。海娃想：只要头羊能跟着跑就行，就算羊群全被黑狗抓光也甘心了。

　　黑狗们漫沟追着羊群。忽然间，他们不追羊了，他们却撒腿来追海娃。

　　海娃被黑狗抓住了。歪嘴黑狗狠狠地揍了海娃几拳头，才歪起嘴巴说："走，给老子赶羊！"

　　海娃心头扑通跳了一下，说不出是怕还是高兴。海娃赶着羊，跟着鬼子进山了。海娃盘算着：天黑下来了，只消瞅个空子悄悄把信解下来，往山路旁的乱梢林里一钻——哈，看鬼子上哪儿找我吧！

　　想呀想的，就到了一座小山庄跟前。

　　鬼子的队伍停下来了，海娃和羊群也停下来。鬼子把门全捣开了，闯进去乱翻起来。

　　可是家家户户都是空的。只有打谷场上堆着一些干草和柴枝。

　　鬼子们点着了干柴，又把门、窗拆下来扔进火里。大火忽剌剌烧起来，把山头照得通红。

　　海娃被扔在了一边。海娃悄悄地跳到老绵羊身边把它抱住……

　　可是就在这时，黑狗子们朝羊群跑过来。海娃赶紧松开老绵羊，眼睛直愣愣地盯住鬼子。

　　鬼子却不看海娃一眼。他们捉住一只羊，用刀把羊劈成两半。

歪嘴黑狗一把扭住老绵羊的长角。海娃差点叫出来了，他像害了寒病一样，牙齿冷得直打架。老绵羊却挺直前腿，使劲往前抵住，四条腿一动不动，就像钉死在地上一样。歪嘴黑狗累得满头大汗，弄得鬼子们都哈哈大笑起来："那样老的羊，咱们不吃。留给你做妈妈吧！"

海娃忽然不颤了，插嘴说："伏天还能吃老羯羊啦？又膻又瘦，有啥吃头！"

歪嘴黑狗狠狠踢了老绵羊一脚，就松开两手追赶旁的小羊羔去了。

海娃透了一大口气。

这时，打谷场上，鬼子们在火光里可忙哩：这个用刺刀剥羊皮，那个拿洋刀开羊肚，羊头血淋淋的，遍地打滚。一刀下去，就像砍在海娃的心上，老绵羊缩在海娃身边，也是眼泪扑簌簌的。海娃身边，只剩下20来只老羊了。

海娃一面哭着，一面悄悄地把老绵羊的尾巴掀起来：鸡毛信照样吊在屁股蛋上。海娃正想把信解开，那个讨厌的歪嘴又跑来了，问："水井在哪儿？"

海娃说："这里哪有水井？要是有水吃，老百姓早就不搬走了！"其实海娃知道庄后有井，井口用石板盖着，石板上又堆着粪土。但海娃才不会告诉他们呢。

没有锅子，鬼子们就把羊肉扔进火里烧着吃。羊肉在火里吱吱叫着，海娃听着，心头直揪得发疼——唉，我的羊呀，我把你们养大，盼着你们成群，谁知道会有今天？……这杀千刀的鬼子啊，真是一群狼！

鬼子们吃饱了，又把剩下的熏肉拴在皮带上，然后摸摸肚皮，到庄里睡觉去了。

歪嘴黑狗让海娃把羊群赶到庄后的破羊圈里，又要把海娃拖到房里去睡觉。

海娃着急了，可是黑狗不由分说就把海娃抓进房子，摔到角落里。

地上铺满了干草，鬼子和黑狗们抱着枪，呼噜呼噜地睡了一地，把海娃挤在顶里头。

海娃可睡不着，他伤心极了，悄悄往门口看了一眼，哨兵还瞪着眼睛坐在那里，怎么办呢？海娃呀海娃，你怎么连一封信都不会送呀？

月亮冒出山头了，门边的哨兵还是一动也不动地坐着，两腿叉开挡住门口。

这真急死人呀！门口有哨兵，村边有哨兵，怎能跑掉呢？

这时候，远处传来一阵鸡叫。鸡叫头遍了！过了一会，又传来第二阵鸡叫，糟糕，鸡叫二遍了！等鸡叫三遍，天就亮啦！

海娃躺不住了，他坐起来，就看见：门口的哨兵歪在土墙上，脑袋吊到胸前——哨兵正打瞌睡哩！

海娃又看看身边，鬼子睡得正甜。海娃悄悄站起来，踮起左脚，用脚尖把歪嘴黑狗的胳膊轻轻拨开，腾出一小块空地。于是，海娃把左脚站稳，然后又轻轻地踮起右脚，用脚尖把谁的大腿拨了拨，腾出一小块落脚的地方。

海娃好不容易才挪到门边，哨兵还是把头垂到胸前，理都不理海娃一下，海娃悄悄地迈过他的大腿，闪到村边的路上。

"哪一个？"街那头的哨兵吼起来。

"喂牲口的！"海娃说，声音又粗又重，就像个大人说话那样，连海娃自己都奇怪起来。

真走运，哨兵没有再吭气。海娃大模大样地走进牲口圈，又悄悄地从一堵破土墙上跳出去，从村外绕到羊圈跟前。

羊见了海娃，咩咩地叫起来，用冰凉的鼻子碰着海娃的手。可是海娃再顾不上羊了，他只抱住老绵羊，把它尾巴下的鸡毛信解下来。

天渐渐亮了，公鸡叫了第三遍了。

看着这些羊，海娃心里一阵疼：羊啊！我养你们六年了，可今天，我顾不上你们啦！

海娃把心一横，揣好鸡毛信，撒腿便跑，一口气跑到庄后的山梁上。

山梁上的岔路口，有一座小山嘴。海娃刚跑到山嘴旁，就听见前边有人吼叫。海娃竖起耳朵仔细听，听不清楚；海娃眯缝起眼睛看，喝，原来山梁那头，正晃着一面小白旗哩！一时举到头上，一时伸到两旁，朝海娃来回晃着。晃呀晃的，那个人吼叫起来了。忽然，他不叫了，朝海娃举起了什么，看那架势，准是举起枪来。

望着那面小白旗，海娃一下子有了主意：他脱下身上的小白褂，学着鬼子的样子，一时举到头顶，一时伸到旁边，好像晃着一面小白旗。

鬼子把枪放下了，又举起小白旗，好像说："原来是自己人呀！对不起，你放心走吧！"

真想不到，竟然混过去了，海娃一转过山嘴子就没命地飞跑起来。

风在耳边呼呼地响着，海娃像风一样跑过一道崖畔，跑到深沟底下，又一口气跑到对面山顶上。

海娃跑上山顶，就一屁股坐在石头上，跑不动了。海娃一面喘着气，一面想：现在用不着死命跑啦，前边就是三王峁了，过了峁就是三王庄了。

海娃把手伸进口袋里想摸一摸他的信，可是海娃浑身打起颤来——信呢？我的信呢？

海娃脱下小白褂仔细找，没有！又把身边的石缝找遍了，还是没有！

海娃冷得嘴唇都发青了，站都站不稳了。鸡毛信怎么会丢呢？海娃没工夫去想了，他顺着原路下山，一面走一面低着脑袋，眼睛老盯在路上。

海娃找到沟底下，没找到；海娃找到崖畔，没找到；眼看着快到大山梁上了，可是连根鸡毛影子也没有，哪里有什么鸡毛信？

海娃想：要是找不到信，我再不想活了！这么一想，也不管死活，就一口气爬上大山梁，爬到小山嘴旁边。海娃差一点叫出来——那，那不是鸡毛信？

一点不错，就在海娃刚才晃着白小褂的地方，好好地躺着一封鸡毛信。海娃简直气都透不过来了，一头扑到信上。

海娃把信藏到口袋里，刚想回头跑哩，忽然背后有人喊叫。

海娃猛一回头，就看见歪嘴黑狗从山梁那头跑过来，一边跑一边骂："好个兔崽子，你开小差！老子宰了你！"

海娃来不及跑了，歪嘴黑狗已跑到跟前。海娃只得说："谁开小差呀？我找羊去了。"海娃这么一说就顺溜溜地站在那里，好像他从来没有想过逃跑这回事。

黑狗却不买账，他狠狠地揍了海娃一顿。海娃干脆坐到地上大哭起来。他用手蒙住脸，伏在肚子上哭，胳膊肘死死地压在口袋上，把鸡毛信压得紧紧的，生怕它掉了出来。

海娃把黑狗哭糊涂了，也顾不上搜他的口袋了。鬼子马上就要出发了。黑狗抓住海娃的脖子叫他回去给鬼子带路。

海娃被黑狗带回了羊圈。眼前，跑是没法跑啦，先把这命根藏起来再说，说不定小胡子还要搜口袋哩！

趁黑狗们都跑去集合了，海娃赶紧掏出鸡毛信，绑到老绵羊的尾巴底下，然后顺溜溜地把羊赶到打谷场上。

打谷场上，队伍齐展展地排着，刺刀笔挺。小胡子叉巴着两腿，手按大洋刀，冲着歪嘴黑狗叽里咕噜乱嚷。海娃走到场上，小胡子忽然不嚷了，朝海娃直瞪着眼睛。

嘿！又要挨揍啦！海娃不由得摸摸屁股，屁股还是疼的。

小胡子可没揍海娃，他只是向海娃吼："三王村带路的，快快的！"

海娃心头扑通一下，赶忙说："明白的，就这条道。"于是，队伍就出发了。

海娃赶着羊，夹在队伍中间，前边走着黑狗子，后面跟着鬼子兵和一溜空驮子牲口。

"这回可叫你们尝尝张连长的厉害了。"海娃在心里念叨起来，"张连长啊，你要狠狠打呀！要不，这封信就完蛋了。"

偏偏在这时候，羊要拉屎了。羊一面走，一面翘起大尾巴，羊粪便像黑豆一样，扑簌簌撒满一地。

海娃着急了，心里说：老绵羊呀，你可不要捣蛋呀！小胡子就走在旁边呀！

可老绵羊一点也不知道海娃的心思，它偏偏也要拉屎了：油乎乎的尾巴摇呀晃的，看着就要撅起来了，鸡毛信马上就要露出来了……

海娃赶紧拾起一块土疙瘩，朝老绵羊飞去，刚好打在大尾巴上，炸开一朵黄土花。老绵羊大吃一惊，突然蹦起后腿，夹着尾巴跑起来。

海娃还是不放心，甩起鞭子使劲儿赶羊，羊群扑剌剌地，一股劲往前飞跑。

小胡子看得乐起来了，笑着喝彩："大大的好！快快的！"

可怜那只老绵羊，只顾得把尾巴卷到肚皮底下，一口气翻过大山。

过了大山，羊鞭忽然响得不起劲了，队伍走到了三王峁跟前。

海娃眯缝起眼睛向山头上望，那儿也有一棵消息树，鬼子刚刚下沟，消息树便悄悄放倒了。不消说，张连长的队伍已经发现了鬼子啦！

鬼子一点也不知道，在沟里休息起来。黑狗们在头里先走了，他们打小路走上峁去。海娃把羊赶到一片草地上，离开鬼子远远的。海娃想：可不敢和鬼子在一起，叫张连长打死了才冤枉呢！

黑狗们上坡了，越上越高，都快到半坡了，岭上怎么还没打枪？海娃正在着急，突然"轰"的一声，黑狗们踩上地雷了，黑烟里传出黑狗们的嚎叫。歪嘴黑狗连滚带爬地跑回来，一边大喊着："太君呀，我的脑袋给炸掉啦！"

小胡子可顾不上他的脑袋，他指着小路对海娃说："你的前面开路，皇军的后面开路的。明白的？"

海娃听了这话，睁圆了眼睛，嘴巴半天合不拢。可是小胡子拔出了大洋刀，吼叫起来。歪嘴黑狗也在一旁骂开了。周围的枪口对着海娃——不走，是不行的了！海娃叹了口气，便把羊群赶上山去了。海娃伤心极了：抗日的儿童团长马上要叫指挥部的地雷炸死了，还有那封信，也要叫指挥部的地雷炸毁了！

海娃走得很慢，鬼子兵却老在后面催，远远地跟着海娃上山。

海娃转过一道石岩，又转过一道石岩。走到一片梢林前，这儿岔着两条路：一条小路，一条崎岖难走的羊道。海娃知道羊道不会埋地雷，就赶忙把羊赶上小羊道。

黑狗们却在后边喊起来："走错了！"海娃放开嗓子回答说："没错，我走的是条近道。"说着海娃就敏捷地攀过石岩，爬上崖畔，把鬼子远远地丢在后面。鬼子们又是打牲口，又是拉缰绳，好不容易才爬上崖畔。可是羊道却越来越难走了。鬼子们在后面急得直叫。

海娃才不管呢，一步紧似一步。鬼子们开始打枪了，子弹从海娃身边擦过。

海娃的羊鞭"啪""啪"地响着，海娃拼命跑起来，一边跑一边朝山上喊："鬼子上来啦！打呀！赶快打呀！"

峁上突然响起一阵排子枪，接着又是一阵……

海娃听到自己人的枪声，两条腿又上劲了。他向峁上扑去。忽然海娃张开两手，"哎哟！"海娃尖叫了一声，就倒在乱草堆里，不吭气了。

这时候，峁上跑来两个八路军，他们蹲到海娃身边，忽然叫了起来："这不是海娃吗？"

海娃慢慢睁开眼睛，忽然滚出两颗泪珠。原来蹲在他身边的，正是指挥部的张连长。海娃想擦掉眼泪，可是抬不起手来——伤口疼得不能动了。他只张开口说："羊……老绵羊……鸡毛信……信在尾巴下……不，尾巴在信下……不，信在……"海娃越说越糊涂，终于啥也不知道了。也不知张连长怎样打走的小胡子。

海娃醒来时，只觉得自己躺在暖炕上，浑身热得难受极了。太阳从窗子射进来，照着海娃。炕沿堆满了方盒盒、圆罐罐、花花绿绿的，里边装着香喷喷的饼干和糖果。

张连长走过来。海娃看着炕沿，问："这是哪里呀？这是谁的东西呀？"

张连长说："是你的嘛！"

真见鬼，海娃可从来没有这种花花绿绿的玩意儿。海娃说："不是我的！"

张连长笑起来："你忘了吗？昨天不是你送来一封鸡毛信吗？那是你

爸爸捎回来的情报，说炮楼的鬼子都进山抢粮了，只剩下几个黑狗，叫咱派队伍去打炮楼。这不，咱连夜赶到平川，和你爸爸的游击小组就把炮楼给端了。要不是你的信，哪来这些胜利品？你真是咱们的小八路！这些东西是指挥部送给你的。"

海娃脸红了。他问："缴了枪没有？"

张连长指着墙角说："那不是。"

海娃高兴起来："我不要这些东西，你送我一支枪吧！"海娃刚想伸出手来，忽然狠狠地哎哟了一声，原来胳膊上的鬼伤口又作怪了……

（孙淇　缩写）

五　彩　路

〔中国〕胡奇　原著

惊人的消息

小桑顿的叔叔，在山外给错仁老爷放牧的浦巴翻过雪山，回到了村里，给这寂寞的山村增添了许多热闹。孩子们围着他七嘴八舌地报告村里的情况，乡邻们也来了，都来听浦巴讲山外的新鲜事。

桑顿奶奶点燃了神灯，烧好了奶茶。聂金爷爷和他的小孙子丹珠来了，桑顿的好朋友曲拉和他的养母相巴芝玛妈妈也来了。大家围坐在浦巴叔叔新带回来的绿毡垫上，夜风在帐外呼啸着。火池子里的火却照红了每个人的脸颊。浦巴叔叔讲的新鲜事越来越有意思了，连年老智慧的聂金爷爷也睁大眼睛，唯恐漏掉一个字。他说山外来了恩情的父亲，在雪山上修起了五彩的公路。公路上飞跑着汽车，运来了山外货，换走山里的皮毛。这一切都像神话上说的一样。

丹珠瞪大眼睛看着，他摸了摸自己打的黑貂皮，要拿到公路上，说不定能换一把小刀呢？他早就渴望有把到森林打猎用的防身的刀了。

曲拉沉默着，他不知道公路是什么样的，也许它是一条五彩放光的通往幸福的路吧？

浦巴叔叔从山外带来的这个惊人的消息，给一辈子也没离开过大山的乡民和孩子们带来无限向往和希望。他们盼望看一看那五彩的路，渴望那条路带走村里的贫穷。

这天夜里，聂金爷爷把跟了他半生的宝贝腰刀传给了丹珠，这把腰刀跟随聂金爷爷杀过敌人，砍过野兽，他希望丹珠也像这把刀一样勇敢。

秘密会议

"那五彩放光的公路到底什么样子？"曲拉想着这件事，一夜没合眼。

一大早，曲拉就来到河岸上，等着他的朋友桑顿和丹珠。小河上飘浮的白雾渐渐散去，温暖的太阳从雪山后冒上来，照着小河和河岸上躺着的曲拉。不远处的小土屋前，相巴芝玛妈妈正补着一只破靴子。曲拉想着他的心事。

忽然有人叫曲拉的名字，回头一看是桑顿。桑顿坐在曲拉身边，两个人继续讨论那条美丽的五彩路和五彩路上飞驰的神奇的汽车。但是关于这些问题，两个朋友谁也说不清。

突然曲拉脑子里闪出一个念头：为什么我不亲眼去看看那条五彩路？说不定会看见恩情的父亲……

曲拉把这个想法告诉了桑顿，桑顿吓了一跳。他有些害怕，他迟疑地望着曲拉，曲拉正等着他的回答。

"曲拉，一个人做事，总要多想想……只怕奶奶不答应我出远门。"桑顿吞吞吐吐地说。

"唔，你这个胆小鬼，我一点也不勉强你。"

桑顿很明白曲拉这话的意思，它不单是看五彩路的事，它还意味着他们之间的友情是继续下去好呢，还是从此了结。

桑顿不知该怎么办，这时丹珠赶着牛羊跑来了。他一安顿好牛羊，就"嗖"地拔出腰刀，向朋友们显示、炫耀。

可是曲拉很冷淡，丹珠就去讨好桑顿，谁知桑顿也有点儿不屑一顾。

曲拉见桑顿又靠拢了自己，就马上抓住机会，故意做出神秘的样子问桑顿："那你愿意跟我一块到那个地方去啦？"

"愿意。"桑顿回答得很痛快，好像从没和曲拉争执过，也装出一副神秘样子。

这可急坏了丹珠："你们要去哪呀？我一定要跟你们去。"

曲拉本来就想让丹珠一块去看五彩路，只是担心他不敢去。现在丹珠这么一说，曲拉觉得自己的计策很成功。"你敢去吗？我们要去看五彩放光的公路。"

"什么？"丹珠瞪大了眼睛，"就你们自己去？"

"当然了。胆小鬼是根本不敢去的。"

这可使丹珠气坏了，丹珠可不愿落后。而且他也想去看五彩路，还要用黑貂皮换回自己喜欢的东西。

于是三个朋友对着太阳发了誓。他们觉得彼此间的友谊，从来也没有像现在这么深厚过。

虽然曲拉不忍心离开相巴芝玛妈妈，但他更希望能看到五彩路，看到恩情的父亲，给相巴芝玛妈妈带回治病的神药。

湖边鹦鹉

雪山的春天悄悄跑来了，谁也没听见她的脚步，就见草慢慢绿起来了。

三个朋友悄悄地做着出发前的准备，没有一个人知道他们的秘密，除了小姑娘娜木。她可是个热心肠的好姑娘，总是帮别人的忙，所以整天忙得连头发也顾不上梳了。孩子们要走了，他们想让娜木帮助聂金爷爷照看牛羊，小姑娘当然兴奋得答应了，并对着太阳发誓不说出曲拉他们的秘密。

一切准备好了。孩子们背着糌粑面，提着丹珠从爷爷那偷偷拿来的小铁锅，牵着桑顿家那只小黄狗神趾，躲开了大人的眼睛，从村子旁边溜了出去。

娜木悄悄来送别。小神趾的妈妈老神趾不知从哪儿也跑来了，它大概知道儿子也要出远门，就紧紧缠住它不放。小神趾看上去却挺坚强，只用舌头舔了舔自己的上嘴唇，就蹦着跳着跟着孩子们出村了。

娜木紧紧拉着老神趾，忍不住哭了。

整整走了一上午，孩子们才爬上第一座雪峰，回头再看村子，已变成一小块石头，静静地躺在原野里。小神趾也朝着家乡的村子，汪汪叫了三声。

前边山口的平坝子上矗立着错仁老爷的庄园，像一群恶狼簇拥在一起，而屋顶上却插满了向佛爷表示虔诚善心的经幡。

曲拉盯着这座庄园，心里升起了炽烈的怒火。就是这错仁老爷折磨死了曲拉的爹妈，使他成了可怜的孤儿。也正是这位"仁慈"的老爷，逼着相巴芝玛妈妈的丈夫爬雪山，使他活活摔死了。

"山神和佛爷，要都是公正的，他们决不袒护错仁老爷的罪孽。"曲拉愤怒地喊出了心里话。

而前面有条五彩放光的路等待着他们。孩子们充满了希望和勇气。

下山时，孩子们像坐滑板一样滑下来，他们走进山底下的一片松林里，松林中间藏着一个蓝色大湖，像一面巨大的镜子，闪着光。

树干上绣着青苔，野藤缠在树干上，开着一球一球红花，迎着太阳开放，射出红得耀眼的光辉。

孩子们在野兽踏出来的小路上走着，丹珠叽叽呱呱地赞赏着所看到的一切，曲拉和桑顿则沉默着。

忽然从一处树枝背后，响起一阵轻微而动听的声音。孩子们还没来得及抬头，一群鹦鹉从树丛中冲出来，像一阵绿色轻风，一会儿飞到这个枝头，一会飞向另一个枝头，而后又向湛蓝的湖面飘过去。

孩子们跑到湖边，鹦鹉好像投到湖中心去了，再也看不见了。

天渐渐暗下来。孩子们在一处避风的石壁下生起火。用小黑锅煮好茶，倒出一点糌粑面，孩子们开始吃晚饭。

当月亮从黑色枝丫间升起来时，孩子们围着火，相偎着入睡了。

在灼热的沙地上

太阳刚从雪山顶升起，孩子们已朝着太阳的方向出发了。

金色的太阳照耀着，林中弥漫着清新的气息。孩子们心中洋溢着难以抑制的兴奋和舒坦，连小神趾也高兴得蹦跳着。

绕过大湖向前走，路变成沙路了。踩上去细软细软的，说不出有多舒服。可是，走不多久，沙子被太阳晒热了，后来热得竟像在锅里炒过一样，烧得孩子们浑身发热，喉咙里火辣辣的。可是第二座雪山却还离得那么远，好像永远也走不到了似的。

在没膝的热沙中艰难前进，丹珠也说不出一个字了，口渴得心慌，头也昏沉了。

走着走着，桑顿忽然发现小神趾失踪了，它没有跟上来。它可不能丢了哇，要不回家见到老神趾该怎么说？那可怜的老黄狗一定要哭坏的啊！

三个朋友又回去找，最后在一处沙窝里找到了它。小黄狗躺在热沙子上，浑身颤抖着，长长的舌头从嘴里拖下来。

桑顿抱着神趾，心疼极了。

黑毛帐篷里的老奶奶

直到太阳偏西，孩子们才走出沙地，在雪山脚下找到一座黑毛帐篷去投宿。

黑毛帐篷里的主人是位老奶奶，她帮助孩子们烧了开水，但她没有多余的粮食。可孩子们已经很感激了，他们拿出几把糌粑面，贪婪地吃起来，孩子们已经饿坏了。

晚上，起风了。大风刮得帐篷吱吱乱响。老奶奶跑出去，好一会儿才回来。她说："山老爷发威啦！孩子们，快祷告吧！"然后她又担心地问，"你们明天要去哪儿？"

"奶奶，我们要去看五彩放光的路，就是解放军叔叔在雪山上修的公路。"

一听说要去看公路，老奶奶吓得跪在地上祷告起来。然后又说："那雪山一天要七十二变，一阵冰雹，一阵暴雨，不一会儿又刮起大风，还有雪崩呢。你们要过，山老爷会怪罪的。"

"可是浦巴叔叔一年要在雪山上走好几次呢！"曲拉看见桑顿已经吓得下巴打颤，就打断老奶奶的话，"多谢您的好心，我们明天多留意些。"

风又吼起来了，老奶奶又跑出去给山老爷祷告了。这时桑顿害怕极了，他真后悔跑出来。丹珠也开始动摇了。两个朋友结结巴巴地企图说服曲拉，可是没有人能动摇得了他。

临睡前，老奶奶偷偷告诉曲拉："这边的索南老爷早传下话来，不许百姓跟解放军挨近，你想想，犯了老爷的家规，还有好吗？"

但是曲拉下定的决心，是什么也改变不了的。

三只想家的鸟儿

第三天清早，孩子们告别了老奶奶，向着第二座雪山进发了。

这座雪山冷得可怕。有时，孩子们掉进雪窝里，骨头都冻得钻心疼。偶尔也遇到一些洁白的小鸟或者几只美丽的鹿，它们都惊异地朝孩子们张望。

孩子们继续往前赶路，困难一天比一天多起来。有天晚上，暴风雨狂吼着，扑打三个疲惫的孩子。孩子们互相大声呼唤着保持联系。

可是忽然在前边探路的曲拉掉进一个深水坑里了，齐着脖子的水，差点把他淹没。

曲拉呼喊着朋友们的名字，可是暴风雨将它吞噬了，两个伙伴已远远走到了前边。

曲拉挣扎着，不断鼓励自己。他希望能抓到一点什么东西帮他爬出去。可是在光滑的土壁上，除了一支藏在泥里的细小枯树枝，他什么也抓不到。而这支枯枝还刚等他抓牢朝上一爬就断了。

雨越下越大，曲拉不知道过了多久。忽然水坑上面发出一种微微的熟悉的声音。抬头一看，啊，是小黄狗神趾在向坑里探头呢。它呜咽着好像要安慰曲拉一下。

曲拉叫小神趾快去找桑顿他们来，小黄狗大概明白了曲拉的意思，摇着尾巴跑开了。

不久，丹珠和桑顿用绳子把曲拉从水坑里拉上来，三个朋友像分离很久了似的紧紧拥抱。

后来，他们找到一处石洞，里面有一堆旅客们剩下的干牛粪，孩子们点起了篝火。

又累又饿的孩子们，多想好好饱吃一顿，可是口袋里的糌粑面越来越少了。他们只能多放水少放面熬一点稀糊糊充饥。

洞外风雨不停歇。孩子们守着篝火，吃着糊糊，就情不自禁想唱"天下有三只想家的鸟儿"那支歌。他们真的想家了，那大雪山下的小村子。可是现在不能想家呀，他们是三只勇敢的小鹰。于是，让丹珠讲聂金爷爷打敌人的故事。丹珠把腰刀摘下来，孩子们传来传去地看。它使孩子们忘记了恐惧，又坚强起来。

这一夜，孩子们都梦见走上了五彩路，路旁开满了红花。那一阵阵绿色轻风似的鹦鹉，在他们头顶旋转着。

草原奇遇

草原像绿色的海洋，宽阔、平坦，一直通到蔚蓝色的天边。草丛里的花朵在阳光下星星般闪着光。风柔和地吹啊，白云轻轻散去。

孩子们在草原上走着，心情多愉快呀。丹珠的舌头又忙乱开了。

忽然小神趾往草棵里奔去，它发现了一群野羊。孩子们也追过去，真想尝尝肉的香味。

三个人选定了一只肥大的野羊轮流去围追，只等大野羊再也跑不动了倒下来。

围追了很久，草原渐渐被夕阳笼罩了。大野羊累得就要倒下来了。忽然这时，茂草里跳出一只老狼。它已伺机很久，这会儿就向大野羊扑去。孩子们可不能让它得逞，丹珠拔出了腰刀。孩子与狼对峙着。而那只疲惫不堪的大野羊却偷偷溜走了，消失在昏黄的草原中。

突然，老狼放弃了孩子们，它朝小黄狗扑过去。谁知小神趾一点也不怕，从老狼的肚子下蹿跳出去，一口咬住了老狼的脖子扭打起来。丹珠看准了老狼朝它砍去，老狼狂嚎着，倒在丹珠脚下。

在绿色的森林里

饥饿终于来了，孩子们的肚子里像着了火，走起路来两腿像曲卷的羊毛，伸不直。眼前涌起一层又一层黑云，大地像风车一样转动着。

前边有一片树林，也许能找到野果吃。三个孩子和一只小狗艰难缓慢地朝树林走去。

忽然他们听到了牧人的铃声，一队人马从树林后转出来。原来不是他们盼望的牧人和耗牛，是驮载货物的私商马帮。

曲拉控制住软软的双腿，仿佛遇到了救命恩人一样向一个穿红褂子的大胖子请求说："伯伯，给点吃的吧。"

可是那人咧开大嘴笑起来："原来是三个小要饭的呀！要吃饭我可以给你们，你们得当我的小赶马汉。要不，你们就快给我滚开！"

孩子们是不会帮老爷做买卖坑害别人的。他们转身继续朝那绿色树林艰难迈进，黑云一阵阵从眼前飘过，大胖子那张大盘子一样的圆脸却在脑子里晃来晃去。

树林呀，请你挪近一些吧。救救孩子和小狗。

在孩子们身后，忽然传来喊声。"是聂金爷爷来了吗？是奶奶送吃的来了吗？不，那不可能。那一定是胖家伙又追来了，他想抢走丹珠的黑貂皮。"孩子们更用劲儿地朝前走去。

"是我，孩子们，跟你们一样的受苦人啊！"他挡住了孩子们，双手捧着一把糌粑面。噢，原来不是那个穿红褂子的胖管家，是一个黑胡子的赶马汉啊！他偷偷地送来了救命粮。

眼睛里的黑云

吃了赶马汉给的一把糌粑面，孩子们才有气力走进绿色的树林。

可是，不幸的事发生了。由于饥饿和雪光对眼睛的刺激，桑顿得了一种盲眼病，眼睛里的黑云就一直不见消散了。他什么也看不见。桑顿鼓起一双又大又黑的眼珠子，恐惧地喊着，又用颤抖的手揉着自己的眼皮，拍自己脑门，鼻尖上沁出一颗颗的汗珠子。

曲拉和丹珠又害怕又难受，他们不知该说些什么话来减轻桑顿的痛苦。

树林渐渐暗了，两个朋友搀着桑顿安歇下来。丹珠捉到了一只斑鸠，给桑顿烧着吃了。可是眼睛还是什么也看不见。

"我看不见五彩放光的路了！"桑顿哭啊哭啊，直到一点力气也没有了，才想到他的朋友们为了他也在痛苦中煎熬着，他应该拿出勇气来克制自己的悲哀。他听见他的朋友都无声无息地坐着，连小神趾也不发出一点声响。

天也许黑了吧？丹珠替桑顿拢起一堆火，希望他能看见明亮的火光，可是桑顿还是看不见。以后，不管走到哪儿，桑顿就只能听到人说："让开些，瞎子桑顿来了！"想到这，桑顿的胸口像盖了一个铁盖，闷得喘不过气来。

桑顿希望朋友们忘掉他的痛苦，愉快起来，就引他们说一些别的事。可是平时最爱叽叽呱呱的丹珠这会儿却嘴笨起来，曲拉更一声不响。

"曲拉，眼睛瞎了就瞎了，我求你不要难受……"桑顿摸索着，想安慰他的伙伴。被痛苦折磨的曲拉，听了桑顿的话，再也忍不住，搂着朋友放声大哭起来。他真愿意用自己的一只好眼换桑顿的一只瞎眼。

夜深了，猫头鹰的啼叫声越来越惨。

在前进的道路上

然而什么也阻挡不了孩子们前进。他们继续往前走，来到了一条奔腾咆哮的大江边。

江水怒吼着，浪花卷成白沫飞扬起来。没有牛皮筏子，怎么能过江呢？

孩子们走了一上午，也找不到渡口。最后他们在一间小土屋旁歇息下来，土屋旁长着绿油油的豌豆苗。忽然，从豌豆苗后走出来一个老头儿，怒冲冲地朝孩子们扑来。

曲拉遇事总是沉着不慌。他对老爷爷讲了他们的事和桑顿的不幸。老爷爷先绷着脸听着，后来就把他们带到一个山旮旯里藏起来，还给他们拿来了一口袋糌粑面。孩子们不忍吃老爷爷的粮食，可是老爷爷生起气来，硬叫他们每人吃了好几木碗。但是他却不让孩子们去看五彩路，因为索南老爷是不允许百姓过江找解放军的，他封了渡口，还常派管家查访百姓家的事。

"你们藏在这儿三天，我帮他治好眼睛，三天后，你们就向后转，统统回家去！"老爷爷说着，转身回小屋去了。

剩下孩子们，可发愁了。没见到五彩路就回去，那怎么行呢？

晚上，孩子们偷偷溜走了。

第二天中午他们在一块大岩石下，发现了一只早被人遗忘的独木舟。孩子们像得了宝一样，连小黄狗也高兴得跟在后边嗷嗷地叫。

孩子们上了独木舟，桑顿和神趾坐在独木舟中间，曲拉和丹珠划船。

独木舟在江里一起一落地游荡，开始还算平静，可是不多会儿，浪峰旋转着排山倒海似的向小舟打来，孩子们在浪头里挣扎着，紧抓着船边。又一座浪峰猛扑过来，独木舟的尾巴朝天翘起来了，滚滚急流立刻把它吞噬、卷走了……

村里的骚动

三个孩子失踪了，除了娜木谁也不知他们去了哪里。村里人都着慌了。聂金爷爷整天眼泪汪汪的，桑顿奶奶和相巴芝玛妈妈也变得一天比一天消瘦。

娜木看着这一切，心里痛苦极了。她多想对可怜的相巴芝玛妈妈说出朋友们的去向，可她不能违背对太阳发下的誓言哪！她只能这样回答相巴芝玛妈妈的问题："你去问浦巴叔叔吧，他回家的那天晚上不是对他们说了很多话吗？"

"难道我们的孩子去看五彩放光的路了吗？"相巴芝玛妈妈脸更苍白了，她去找聂金爷爷和浦巴叔叔，桑顿奶奶哭着跪到神灯前祷告。

浦巴叔叔安慰了大家。第二天，给错仁老爷送了孝敬礼，领回过江木牌，浦巴叔叔立刻骑上马，带上老神趾，朝孩子们出发的方向追去。

浦巴叔叔快马加鞭，可是一路上只看见孩子们宿营留下的灰烬，没有他们半点踪影。

浦巴叔叔打马来到江边，谁都说没见到三个孩子。"难道他们泅水过江了吗？"望着石峡里滚滚江涛，浦巴叔叔的心比波浪跳得还猛。

蓝　雾

桑顿不知道自己躺在哪儿，他只觉得非常温暖舒坦，一个又一个梦闯来，他不知道到底哪个是真的。

桑顿终于醒了，可他什么也看不见。忽然他觉得奶奶朝他走来，用温和的手抚摸他的眼睛，又用水浇在上面，凉飕飕，怪好受的。

"是奶奶吗？"桑顿拉住奶奶的手问。

忽然传来咯咯的笑声："不，不是奶奶，是解放军姑姑！"

不是在做梦吧？真的见到解放军了？

解放军姑姑告诉桑顿：他躺在解放军医院里。是解放军叔叔从江里把他和另外两个孩子还有一只小狗，救上来的。

桑顿真的见到了解放军，他们多好啊！可是他却再也不能看见五彩放光的路了，桑顿伤心透了。可是，姑姑说："好孩子，你会看到五彩路的。现在好好睡吧，睡上几天眼睛就会好。"

过了两天，姑姑帮他拿掉缠在眼睛上的布，又找来一副蓝色的眼镜，给桑顿戴上。桑顿慢慢睁开眼睛，"啊！看见了！看见了！"他看见长着乌黑辫子的姑姑就站在眼前，只是这一切都罩在蓝色的雾里。桑顿深深叹了口气。

"为什么？"和善的姑姑问。

"眼睛里看到的东西都罩有蓝色的雾呀！"

姑姑咯咯地笑起来："傻孩子，我怕你眼睛再受刺激，才给你戴了一副蓝眼镜呀！过几天就可以摘下去了。"

营部的帐篷里

曲拉和丹珠被解放军叔叔从江里救上来以后，就离开了桑顿和小黄狗，到营部去了。

营部扎在密匝匝的松树林子里，那一个又一个白色的帐篷，就像一座座小雪山，在阳光里闪着耀眼的光。

又高又大的营长接待了孩子们，他是个既严厉又和善的人，他听了孩子们的问题和希望，也给了孩子们热情的鼓励和信心，"恩情的父亲想到了雪山，也会想到雪山里的每个小村庄，想到帮助人们摆脱困苦，寻找幸福……"

这一天孩子们过得非常开心。

因为营长的工作忙，怕照顾不好孩子们，就让他俩搬到郑大明和张得发叔叔的帐篷里住。

张得发叔叔很少说话，一天到晚总是忙个不歇。一有空，就帮孩子们补补撕破的衣服，还给他们每人缝了一双靴子，连住在医院的桑顿也有一双。

郑大明叔叔是个壮实的小伙子，和丹珠正合脾气，两个人叽叽呱呱地说上了劲，笑声就差点把帐篷掀翻了。

营部的周围是十几丈高的石壁。叔叔们每天都贴在石壁上艰苦工作。石壁每天都在变化着，窄窄的小道几天就宽大了，只要把上面的乱石扔开，就可以成为一条很平坦的道路。

曲拉和丹珠看着这些变化，手心痒痒的，真想带上一把铁锤也爬到那险峻的石壁上去，和叔叔们一起开凿石头。

孩子们整天缠住张得发叔叔，要求去凿山石。张得发叔叔没有办法了，只好找了一处平坦地方，让他们凿灌炸药的洞眼。

一天下来，孩子们累坏了。而这点工作和叔叔们的比起来多么微不足道哇。他们毕竟还太小。这一晚，他俩睡得真香。

长了翅膀的马

桑顿从医院来到了营部。朋友们见面，亲切得要命。整个营部都欢天喜地的，叔叔们把桑顿当成了他们中的一个小兄弟。连小神趾也受到很好的款待，得到了两块肥牛肉。

孩子们在营部呆得很快活，可是他们还没看到五彩放光的公路和汽车。于是，营长派郑叔叔带他们到修好的公路上好好去看看。那日夜盼望见到的五彩路啊，在雪山的那头等着孩子们……

郑叔叔领着三个孩子和小神趾开始爬雪山了。这是一座多么高大的雪山，像一根尖顶的银色柱子矗立在蓝天的中心。云在山腰飘浮。

越往高处爬，呼吸越困难。孩子们每登一步，心跳得像是快要爆炸一样。

而就在雪山的陡峭岩石上，叔叔们都在吃力地工作。因为缺少氧气，每抡动一次铁锤，都要咬咬牙，喘喘气，显得很费力。太阳晒焦了他们的脸，却没有一个人停下来歇口气儿。

看到他们，曲拉更增强了信心和勇气，为了看到五彩路，这一点儿苦又算什么？

天黑以前，他们爬上了山顶，立刻被人迎到生着火的帐篷里。

他们在这里休息了一夜。第二天，天还没亮，郑叔叔就叫醒了三个还在梦中的小家伙，带他们上路了。

星星藏在乌蓝色的云中眨着眼睛，鸟儿还在林中做着好梦。孩子们站在山岭上，等待天色破晓。

忽然，在山脚下那黑绒一般的夜幕上，出现了两朵放光的金花，接着又有几朵出现了，排成弯弯的月牙形。孩子们看呆了，真想摘到一朵带回村里去。

"孩子们，那不是金花，是汽车的灯呀！"郑叔叔笑着告诉围住他问个不停的孩子们。

天亮起来了。孩子们连走带跑地上了公路。

在公路上，孩子们游逛了很久。当第一辆汽车在他们前边出现时，他们还以为是座房屋朝着自己走过来哩。等郑叔叔办好手续，大家都上了像房屋似的汽车以后，每个人又以为自己是坐在会飞的马儿身上了。

这只长了翅膀的马飞过山头，飞过深沟和树林。孩子们把头伸到窗外去，风就呼呼在耳边作响，像冰凉的水，顺着手指流了过去。

汽车一直向前飞驰，孩子们睁大眼睛，不放过路两旁的每样东西：一条小溪飞跑过去了；草原上一头牦牛正在散步；一座小土屋前，一个孩子穿着一双红靴子坐在门前……而这一切都一闪就过去了。汽车甩开了草原、村庄、树林，一口气也不歇向前飞跑着。

这一切都是梦吗？不，这真的是叔叔们修筑的公路，是路旁长满粉色野枇杷花的五彩路！

亮晶晶的商店

经过一座黑魃魃的森林，汽车在一片灯火辉煌的地方停下了。这是一处集镇，而在一年前，它只是森林里一个烂泥滩地。

孩子们听郑叔叔这么一说，简直不敢相信自己的眼睛：这里街道多宽阔，房屋多高大，一盏一盏灯射出奇异光彩，就像仙境一般，怎么可能曾是个烂泥滩？

郑叔叔带孩子们走进商店里，架子上排列着各种各样的东西，亮晶晶的，孩子们都不知道瞅什么好了。丹珠也能用黑貂皮换回浦巴叔叔带回家去的亮晶晶的东西啦！

"去换回你自己想要的东西吧，没有人敢欺侮你。你们自己去吧，我就在这里等你们。"

三个孩子在柜台边磨蹭了很久，他们不知道黑貂皮到底能换到什么东西。最后，他们终于选定了，令他们不敢相信的是，他们竟换回了一包茶叶、三顶金丝编织的帽子、一只会写字的水笔和一条送给娜木的绿色丝腰带。而错仁老爷的店伙却说它只值一尺粗蓝布！

兴高采烈戴着新帽子的孩子们，在百货商店里转来转去。忽然，小黄狗和一只大狗扭打起来了。接着，一张熟悉的面孔出现在眼前，"浦巴叔叔！"孩子们叫起来，扑上去。他们在这座亮晶晶的百货商店里，遇到了亲爱的浦巴叔叔。

长长的道路

不久，孩子们和郑叔叔回到营部，浦巴叔叔也跟着一块来了。他们已经看见了公路，坐了像长了翅膀的汽车，逛了新市镇，又用黑貂皮换了所需要的东西，孩子们心满意足了。对家乡的思念也一天强似一天。孩子们该跟叔叔们告别了，真是难舍难分。什么时候，解放军叔叔也会到他们山村去呢？

秋天了，大雁朝温暖的地方飞去了。孩子们要回家了。这时，部队决定派一支马队去他们那藏在大山里的小村庄。孩子们甭提多高兴了，帮桑顿治好眼睛的姑姑也骑在马上了，她要帮助像相巴芝玛这样的穷人治好病。

三个孩子骑着马在前边带路，他们唱着歌，翻过了一座又一座雪山，不停地前进着……

现在，曲拉、桑顿、丹珠都长成了勇敢的边防战士，他们带领百姓赶跑了错仁老爷们，他们保卫着家乡和人民，在他们的心中，永远有一条更灿烂的五彩路，在前方展现着……

（孙淇　缩写）